— Certo, vou precisar que você volte para o teste do orgasmo. — Outras provas foram mencionadas, mas essa foi a competição que capturou meu interesse.

Titus sorriu.

— É exatamente o que parece, e pretendíamos começar por aqui. — Ele gesticulou ao redor da cabana para onde meus companheiros tinham me levado, na Islândia, de todos os lugares.

Depois que pagamos a conta no Pub Fae – sim, o nome era esse mesmo; extremamente original – e Cyrus se despediu do primo, meus companheiros me levaram para o meio da floresta, onde uma cabana nos esperava com uma cama muito grande dentro.

Suspeitei de que eles tivessem pegado a cama dos quartos de hóspedes e simplesmente as juntaram no meio da sala, porque os lençóis não combinavam, e o tamanho do colchão não era nada comum no Reino Humano.

De qualquer forma, deu certo.

E eu queria muito começar o teste do orgasmo... tipo, agora.

— Então vocês vão... ver quantos orgasmos podem me proporcionar nos próximos cinco dias. — Não vi problema nessa lógica. Nenhum mesmo.

— Seis — Titus corrigiu. — Decidimos que o primeiro não conta por causa da animação. Então vamos passar um dia aquecendo você, depois cada um de nós ficará com um período de vinte e quatro horas.

Engoli em seco.

— Ah, tudo bem — eu disse. — Humm. Sim, podemos começar agora.

Exos sorriu.

— Tão ansiosa.

— Precisamos que você concorde com todos os testes primeiro, pequena rainha — Cyrus murmurou. — E também precisamos ter certeza de que você aceitará bem o resultado. Está pronta para ter um bebê conosco?

RAINHA DOS ELEMENTOS

O Próximo Reinado

AUTORAS BESTSELLERS DO USA TODAY

LEXI C. FOSS & J.R. THORN

Rainha dos Elementos: O próximo reinado

Lexi C. Foss e J. R. Thorn

Copyright de Elemental Fae Academy © Lexi C. Foss e J. R. Thorn, 2020.

Copyright da tradução © 2022 por Andreia Barboza — LA Publish Services.

Copidesque da tradução: Luizyana Poletto.

eBook IBSN: 978-1-68530-178-1

Paperback ISBN: 978-1-68530-179-8

Texto revisado segundo o novo Acordo Ortográfico da Língua Portuguesa.

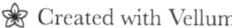 Created with Vellum

RAINHA
DOS
ELEMENTOS

O Próximo Reinado

Para todas as mulheres que passaram pela gravidez, que desejaram que o marido fosse mais prestativo e que fantasiaram com um grupo de homens sensuais e solícitos. Este livro é para vocês.

E ao marido de cada uma de nós, por cuidarem de tudo enquanto brincávamos com Faes.

RAINHA DOS ELEMENTOS

O que quero de presente de Natal é sentir minhas pernas.
Porque meus companheiros me quebraram.

Depois de anos de adoração, amor e muita intimidade, meus companheiros têm um pedido especial:

Um bebezinho Fae.

Como uma tola, concordei, mas não posso escolher quem será o pai. Então, meus companheiros vieram com uma solução: uma série de testes determinará quem levará a tarefa a cabo; ou seja, aquele no quarto que me fará questionar se minhas partes femininas estão realmente prontas para isso. No momento? Sim, não consigo sentir minhas pernas.

Mas um olhar para os meus companheiros me faz desmoronar. A ideia deles como pais me faz derreter.

Mesmo que essa seja a pior hora possível. Meu sonho de

abrir uma Academia Fae Inter Reinos está ao meu alcance. Então a gravidez chega com uma reviravolta.

Mais do que nunca, vou ter que contar com meus companheiros para me tirar dessa confusão.

Desejo sorte a eles. Vão precisar. Porque uma Fae grávida com controle sobre todos os cinco Elementos é um desafio que eles nunca enfrentaram antes.

Algo me diz que as festas de fim de ano serão inesquecíveis.

Nota das autoras: *Rainha dos Elementos: o próximo reinado* é um romance independente com final feliz. Ele traz personagens do universo da série *A rainha dos Elementos*, mas pode ser lido mesmo que você ainda não conheça a trilogia.

Caro leitor,

A Rainha dos Elementos: o próximo reinado é um romance paranormal independente de harém reverso. Ele se concentra em personagens do universo da série *Rainha dos Elementos* e inclui algumas participações especiais de personagens das séries *Rainha dos Vampiros* e *Fortune Fae Academy* (ainda não publicada no Brasil).

Embora esta história faça um *crossover* no universo Fae, ela se passa no futuro, por isso não é imprescindível que você tenha lido os livros anteriores. Também acontece após os eventos das outras séries, portanto as linhas do tempo não se cruzam. Tudo aqui acontece após a conclusão dessas histórias.

Este é um livro temático de fim de ano, com cenas sensuais, reviravoltas emocionantes e salpicado com um pouco de política Fae. Há também algumas cenas de sexo HHM com destaque para o HH. O círculo de companheiros de Claire cresceu bastante ao longo dos anos ;)

Apreciem!

Jen & Lexi

PARTE I

Doçuras ou travessuras.
Nos dê algo de bom para comer.

PRÓLOGO
CYRUS

Transar com Claire era minha atividade favorita.
Mas havia algo inerentemente bonito em abraçá-la logo
que acabava e vê-la dormir nesse estado de satisfação
plena.

Eu podia sentir, através dos vínculos, que Exos e Titus
tinham a mesma opinião. Até Vox e Sol estavam contentes,
embora estivessem em outro lugar no momento,
preparando uma surpresa para nossa Claire.

Nossa pequena metade humana adorava as festas de
fim de ano, e queríamos tornar este ano ainda mais
especial para ela. Tínhamos segundas intenções, algo de
que todos esperávamos que ela gostasse, e que aceitasse.

Uma criança.

A conversa vem sendo sussurrada entre o círculo de

companheiros, mas não chegou a ser explorada. E queríamos começar os preparativos agora.

O que exigia que nossa pequena rainha estivesse de bom humor.

Daí o festival de sexo que Titus, Exos e eu havíamos acabado de providenciar.

Encontrei o olhar safira do meu irmão por cima do ombro dela, sua expressão era perspicaz. Titus estava perdido entre as pernas dela, sua cabeça usando a coxa da nossa rainha como travesseiro. Mas, quando olhei para baixo, as íris verde-escuras cintilaram com brasas e excitação.

Tínhamos uma proposta a fazer.

Uma que esperávamos que nossa companheira aceitasse.

Amanhã, pensei. *Amanhã diremos a ela o que temos em mente.*

E então os testes poderiam começar.

CLAIRE

ABÓBORAS.

Meus companheiros entalharam abóboras!

Encarei tudo com admiração, surpresa por Sol ter permitido que Vox profanasse uma das criações da Terra de tal maneira. A única vez que mencionei as festividades de Halloween, ele entrou em choque antes de começar a vociferar, dizendo que os humanos não respeitavam a Terra e o que ela oferece de melhor.

— *Primeiro, você corta árvores e decora o cadáver delas com cordões e enfeites vistosos para o Festivus de Inverno, ou Natal, seja lá como isso é chamado. E agora você está me dizendo que eles estripam abóboras e enfiam uma* faca *na concha sagrada? Por que, pelo amor das cinco fontes, alguém faria uma coisa dessas?*

E isso encerrou a nossa discussão sobre as tradições do *Halloween.*

Mas ele estava diante de mim agora, segurando uma grande abóbora iluminada.

Vox estava ao lado dele com uma criação bem diferente. A dele lembrava um sino, o que me fez imaginar se ele havia confundido os enfeites de Natal com as tradições do *Halloween*. Ainda assim, sorri de orelha a orelha.

— Elas são perfeitas — eu disse, encantada com as decorações. Queria algo que reunisse todos os reinos Faes hoje, e isso com certeza cumpriria a tarefa. Porque todos nós tínhamos algo em comum: o Reino Humano. Então, por que não pegar emprestadas algumas de suas tradições divertidas para estipular o tom do acordo?

— Nós temos mais para mostrar — Vox murmurou, havia uma rouquidão em sua voz que sempre me deixava com os joelhos fracos.

Meu Fae do Ar tinha jeito com o som, e eu poderia jurar que ele usava os ventos ao nosso redor para destacar esse talento. Ele ficou ainda mais poderoso ao longo dos anos, seus laços comigo e a fonte destacaram sua antiga conexão com a realeza e fortaleceu seu vínculo com o Elemento que compartilhávamos.

Mesmo agora, eu podia ver o poder emanar por entre seus longos cabelos escuros. Ele não estava com o rabo de cavalo estilo samurai de sempre, que era sua marca registrada, em vez disso, permitiu que o cabelo caísse por seus ombros fortes.

— Sim. — Sol pigarreou. — Nós, hum, decoramos seu escritório também.

Arqueei as sobrancelhas.

— É mesmo?

Os dois assentiram.

— Quer ver? — Vox perguntou.

— Temos tempo? — Deveríamos estar a caminho da

zona neutra no Reino Humano para encontrar os outros Faes para a reunião anual do Conselho Fae Inter Reinos; algo que tinha sido estabelecido ao longo dos últimos anos.

— Temos duas horas — Vox respondeu. — Muito tempo.

— E vai ser uma boa distração — Sol acrescentou, com um olhar cheio de significado.

Todos os meus companheiros podiam sentir meu nervosismo, assim como eu podia senti-los enviar uma energia calmante em minha direção. Mas não era todo dia que eu tinha que fazer uma proposta para todos os Faes.

A ideia que meus companheiros tiveram para me distrair foi muito bem-vinda, então eu concordei.

— Eu gostaria de dar uma olhada. Só não permitam que eu me atrase.

Vox bufou, e seus olhos pretos com aro prateado brilharam. Ele nunca se atrasava, fato de que me lembrou com aquele olhar.

— Certo, me mostrem — eu disse, com a curiosidade aguçada.

Há cerca de dois anos, comecei a adicionar itens ao meu escritório na época das datas festivas. Lembretes sutis de casa. Embora eu amasse meus Faes e suas festividades, muitas vezes sentia falta das tradições do meu passado. Cresci com meus avós humanos em Ohio, sempre comemoramos o Halloween, o Dia de Ação de Graças, o Natal e uma infinidade de outras festas.

As coisas não eram iguais aqui.

Isso não as tornava ruins.

Apenas… diferentes.

Sol e Vox colocaram suas abóboras na varanda da nossa casa na Academia Fae Elemental, então me escoltaram até o coração do campus, onde ficava meu escritório.

Vários Faes acenaram ao longo do caminho, todos alegres e gentis no clima de outono; clima que também me lembrava de casa.

Exceto que as árvores aqui não mudavam como em Ohio. Em vez disso, permaneciam verdes. Também nunca nevava nos terrenos da Academia. Os Elementos mantinham tudo prosperando, seguindo um círculo de vida muito diferente do Reino Humano.

Uma pontada de saudade tocou meu peito, algo que parecia acontecer todos os anos nessa época. Aprendi a ignorá-la, mas ainda sonhava com árvores com neve, pisca-piscas e até com o Papai Noel.

Ridículo, sim.

Mas algumas experiências da infância nunca morriam.

— Certo, feche os olhos — Vox disse, ao me conduzir até a porta do meu escritório. — Sem espiar.

— Eu não espio — respondi.

— Claro que não — Sol falou, seu timbre baixo era como uma carícia nos meus sentidos. Ele se aproximou por trás de mim com seu corpo grande e musculoso, maior que o de todos os meus companheiros, e agarrou meus quadris. — Não pense que me esqueci daquela vez com a venda.

— Você não perguntou se eu podia ver através dela — lembrei a ele, e meu interior se aqueceu com a memória de Vox e Sol brincando com a privação sensorial.

Meu companheiro Fae da Terra era a rocha do nosso círculo de companheiros, seu domínio calmo e forte e, ah, tão Sol. Enquanto Vox era meu companheiro filosófico e sábio. Ele sempre pensava em tudo, e muitas vezes era a voz da razão que eu precisava.

— Desculpas — ele resmungou em meu ouvido. Seu cheiro de Terra me envolveu em um manto de conforto. — Você sabia o que esperávamos, florzinha. E mesmo assim trapaceou.

— Eu dificilmente chamaria de trapaça. Com ou sem venda, eu saberia quem era quem. — Eles queriam fazer um jogo sexual que exigia que eu adivinhasse quem estava dentro de mim.

A circunferência de Sol sempre o denunciava, assim como o comprimento longo de Vox.

Caramba, tudo neles era único. Até a língua e a maneira como me tocavam. Sol sempre se conteve, com medo de que seu corpo muito mais forte me esmagasse, e Vox preferia carícias sensuais e beijos de vento.

O que, é claro, fazia minhas coxas se apertarem. Porque agora eu queria sexo.

E algo me dizia que essa tinha sido a intenção de Sol quando ele alinhou o peito em minhas costas e passou os braços em volta da minha cintura.

— Teremos que brincar de novo para descobrir — ele murmurou em meu ouvido.

— Mas as decorações primeiro — Vox insistiu. — Agora feche os olhos, Claire.

O tom exigente fez um arrepio me percorrer, e minhas entranhas se aquecerem de novo com a promessa do que estava por vir.

Meus companheiros gostavam de brincar.

E eu também gostava.

Fechei os olhos e relaxei no abraço de Sol. Minhas orelhas pontudas, algo com que eu ainda não estava totalmente acostumada, se contraíram quando a porta se abriu. Então meu nariz captou os aromas sutis da folhagem.

Sol havia criado algo. Minha afinidade com a Terra ganhou vida, tentando identificar a substância desconhecida. Não era Fae Elemental de origem, mas estrangeira. Também não era humana.

Meus lábios se curvaram para baixo enquanto eu

tentava determinar as raízes. Mas então Sol me empurrou para frente com seu corpo muito maior guiando o meu por trás, me empurrando para dentro do escritório.

Mesmo com os olhos fechados, senti luzes piscarem, e a porta se fechou com um sussurro às nossas costas.

— Tudo bem — Vox disse. — Pode olhar agora.

Primeiro, fechei os olhos com força, eu estava nervosa, mas, em seguida, os arregalei ao ver meu escritório totalmente transformado.

Uma árvore estava enraizada ao lado da mesa, com galhos parecendo trepadeiras ao longo do teto e envolvendo a sanca. Folhas amarelas, vermelhas e alaranjadas decoravam os galhos, sua vibração era a personificação das cores do outono. Uma brisa corria entre elas, espalhando a fragrância de lar por todo o meu escritório.

— Ah, é lindo...

Pulei quando uma coisa esquelética apareceu no canto, ondulando ao vento em um estado fantasmagórico.

Arregalei os olhos.

— O que é isso?

Vox e Sol seguiram meu olhar, o primeiro franziu a testa e disse:

— Deveria ser um esqueleto. Para o Halloween. Exos o criou usando a magia do Espírito. Ele fez errado?

Eu pisquei.

— Ele usou...? — Parei, porque, sim, eu podia sentir agora um pouco de seu Elemento tecendo através da estrutura do esqueleto, ordenando que a coisa desaparecesse e reaparecesse aleatoriamente.

Uma travessura de Halloween.

— Ah. — Sorri. — É inteligente. — Observei a árvore de novo. — E ficou incrível. De que espécie é? — Pressionei a palma da mão na casca, pedindo que falasse comigo, mas tudo o que ela fez foi sussurrar o nome de Sol.

— Eu, ah, meio que inventei. Você me contou uma vez sobre os ciclos das folhas na sua terra, mas as nossas não fazem isso. Então criei uma árvore com folhas que crescem naturalmente com as cores de outono. Será sempre assim. Acho que podemos chamá-la de carvalho de outono?

— Carvalho de outono — repeti, sentindo meu coração bater forte no peito. — Sim. Ah, Sol, obrigada!

Eu me virei em seus braços para beijá-lo, mas fui pega de surpresa pelas miniabóboras iluminadas penduradas na porta. Arregalei os olhos com as chamas muito reais reluzindo no interior das abóboras ocas. Estavam todas amarradas por fios de Água rodopiando com Espírito e Ar.

— Uau — murmurei, atordoada com o lindo uso de Elementos.

— Você gostou? — Vox perguntou baixinho, seu peito acariciava minhas costas enquanto me colocava entre ele e Sol.

— Foi ideia do Vox — meu companheiro da Terra disse, com uma nota de aborrecimento em seu tom. — Ele me fez criar todas aquelas abóboras para Titus estripá-las.

— E vamos fazer uma torta com tudo aquilo — Vox acrescentou, com a voz animada. — O River nos passou uma receita para experimentar. Já comecei o processo em casa.

— Torta de abóbora. — Não pude conter a emoção na minha voz. — Nós... vamos comemorar o Dia de Ação de Graças este ano? — Nunca o havíamos comemorado antes.

— É o que esperamos — Sol respondeu, estendendo a mão para enrolar uma das minhas mechas loiras no dedo. — Mas queremos nos concentrar primeiro no Halloween.

— Sim, definitivamente no Halloween — Vox

murmurou, baixando os lábios para o meu pescoço. — Um Halloween muito memorável.

Franzi o cenho.

— O que vocês querem dizer? Os Faes não celebram o Halloween.

— Mas não significa que não podemos — meu companheiro de Ar sussurrou em meu ouvido antes de mordiscar o lóbulo. — Gostou das decorações, Claire?

— Amei. — Tentei encará-lo, mas suas mãos pousaram em meus quadris, me forçando a permanecer no lugar.

O toque de Sol passou do meu cabelo para a bochecha, sua palma enorme cobrindo minha mandíbula com a ternura que era sua marca registrada.

— Fizemos tudo certo, florzinha?

O esqueleto fantasmagórico escolheu aquele momento para sussurrar pela sala, desaparecendo em uma parede. Minhas bochechas começaram a queimar de tanto sorrir.

— Está tudo perfeito — eu disse, falando sério. — Mas não entendo por que vocês fizeram isso.

— Não podemos fazer algo de bom para a nossa companheira? — Vox perguntou, enquanto traçava a base do meu pescoço com os lábios.

— Vocês sempre fazem coisas boas para mim — respondi, me inclinando na palma da mão de Sol e alongando um pouco mais o pescoço para a boca de Vox.

— Então isso não deveria ser nenhuma surpresa — Vox, respondeu.

— Mas é muito mais do que costumamos fazer. — No ano passado, só havia uma abóbora na minha mesa. Então exagerei um pouco nas decorações de Natal, porque precisava de uma pequena correção humana. Eu pretendia fazer tudo de novo esse ano, e estar cercada pelos remanescentes de outono agora só me deixou mais animada para brincar com ornamentos com temas de inverno e encher nossas casas com alegria natalina.

Esta era a vantagem de ter vários lugares para ficar: me dava muito mais para decorar.

— Talvez queiramos tornar este ano ainda mais especial. — A boca de Vox voltou ao meu ouvido. — Nosso círculo de companheiros vai completar cinco anos em breve.

— Sim — Sol concordou, seu olhar terroso seguindo o movimento do polegar enquanto ele desenhava uma linha em meu lábio inferior. — Considere uma espécie de presente de aniversário.

— Um presente antecipado — Vox sussurrou, despertando um rastro de arrepios pela minha pele.

Eu me derreti neles. Os toques sedutores me embalaram em uma sensação de paz que só meus companheiros poderiam inspirar. Eles estavam fazendo isso para me deixar à vontade, para garantir que eu estivesse totalmente relaxada para a reunião do Conselho Fae Inter Reinos.

Esta era apenas uma das muitas razões pelas quais eu os amava.

Eles sempre sabiam do que eu precisava. Sua intuição era ligada às suas habilidades de ler meus pensamentos, e a minha, os deles. Mas senti que estavam escondendo algo de mim agora. Algum tipo de grande surpresa.

Não perguntei nada, porque queria aproveitar o que tinham reservado para mim.

Sol recompensou minha aquiescência com um beijo, deslizando a língua devagar para dominar a minha de uma forma completa e poderosa que era a cara dele.

Vox apertou meu ombro, puxando o tecido do meu vestido para cima. Conforme subia, a seda fez cócegas em minhas coxas.

— Ela não está usando calcinha de novo — ele disse, ao revelar meus quadris.

— Que safada, Claire — Sol disse, então tomou minha boca mais uma vez antes que eu pudesse responder.

Vocês não param de rasgar minha calcinha, eu disse na mente de cada um. *É muito mais econômico ficar sem.*

— Humm, não estamos reclamando — Vox disse, apoiando a palma da mão em minha coxa antes de deslizar em direção ao meu sexo.

Seu toque era sempre preciso e astuto.

Enquanto Sol mantinha seu aperto possessivo, sua mão derivava da minha bochecha para a minha nuca, me inclinando mais para recebeu o seu beijo.

Eu me perdi para eles, permitindo que me guiassem para a sensualidade que nosso corpo desejava.

Vox deslizou dois dedos em mim e senti seu grunhido quente em meu pescoço.

— Que foda, Claire.

— É exatamente o que eu quero que você faça — Sol respondeu, com os dentes roçando meu lábio inferior. — Quero que entre em seu doce calor até o talo, enquanto ela engole meu pau com essa boca linda.

Meu sangue se aqueceu com a imagem que suas palavras vulgares forneceram.

Ao longo dos anos, Sol se destacou, assumindo o comando quando queria e sempre me oferecendo a segurança e o calor que eu desejava.

Ele era minha rocha, literalmente.

Eu o beijei de novo, e minha alma se acendeu com uma necessidade abrasadora quando Vox adicionou um terceiro dedo.

Sol segurou meus ombros, arrastando as alças do vestido pelos meus braços até meus pulsos, expondo com sucesso meu seio sem sutiã. Ele soltou um ruído baixo de aprovação antes de segurar os dois seios e lhes dar um aperto sensual. Arqueei para ele, ofegando seu nome, até começar a gemer por causa da estimulação de Vox entre minhas pernas.

— Ah, Fae — murmurei, tremendo pela pressão crescendo em meu ventre.

Só que meus companheiros não permitiram que eu caísse do precipício. Em vez disso, me giraram e me empurraram para a mesa, fazendo meus mamilos duros protestarem sobre o tampo de madeira.

Olhei por cima do ombro, com uma reclamação na ponta da língua, apenas para as palavras morrerem com a visão de Vox abrindo o zíper da calça preta e seu olhar aquecido mirando o espaço entre minhas pernas.

A excitação dele sempre me desfazia.

Todos os meus companheiros tinham esse impacto.

Incluindo Sol, que rodeava a mesa para desabotoar a calça bem na minha frente. Seus dedos percorreram meu queixo antes de irem para o meu cabelo, enquanto seus olhos castanho-esverdeados capturavam os meus para avaliar minha aceitação.

O que quer que ele tenha visto em minhas feições deve ter lhe dado confirmação, porque seu toque voltou para o meu cabelo, e ele entrelaçou os dedos e segurou com firmeza. Ele me puxou um pouco para o lado, alinhando meu rosto com sua virilha, enquanto Vox se colocava entre minhas pernas por trás.

Agradeço ao Fae pela mesa embaixo de mim. Me dava alavancagem e a robustez de que eu precisava para tornar isso possível.

— Abra a boca, florzinha — Sol disse, seu tom suave demais para ser uma ordem.

Para mim, sempre foi um desafio engolir sua circunferência; e um desafio de que eu gostava muito. Algo que permiti que ele visse no momento, enquanto eu prendia seu olhar e umedecia os lábios com a língua.

As palmas das mãos de Vox encontraram meus quadris, o pau se encaixou na minha entrada conforme Sol deslizava em minha boca.

Suas estocadas foram gentis no início, seu cuidado por mim evidente em seu ritmo constante. Mas à medida que nossa excitação se intensificava, seus movimentos ficavam mais rápidos e mais fortes, com Sol atingindo o fundo da minha garganta enquanto Vox estocava em mim abaixo.

Era sacana. Ardente. *Lindo.*

Meus sentidos estavam em chamas por causa dos Elementos de outono ao redor, todos criados por meus companheiros para que eu os desfrutasse.

Vox soprou ar ao redor do meu corpo estimulado, sua afinidade acariciando meu clitóris em uma brisa de beijo que fez minha alma voar em direção às nuvens. Então Sol me ancorou em terra com o pau, sua essência terrena escorrendo pela minha garganta em um prelúdio do que estava por vir.

Eu gemia e tremia entre eles, dominada por nossa conexão, nosso círculo de companheiros pulsando para a vida dentro do meu coração e acariciando cada uma das minhas terminações nervosas.

Cyrus, Exos e Titus estavam todos cientes do que estava acontecendo agora, e eu podia sentir sua excitação coletiva. Titus enviou beijos ardentes ao meu espírito, me lembrando das carícias quentes de sua língua em meu clitóris na noite passada. Cyrus sussurrou pensamentos gelados de promessa fria, me forçando a lembrar como ele usou gelo para combater a língua de Titus, as sensações duplas me enlouqueceram.

E a alma de Exos acariciou a minha, seu ser espiritual

unindo a essência do ar de Vox em meu sexo sensível, me fazendo gritar.

Todos estavam em mim, embora fosse apenas Sol e Vox na sala. Mas senti todos nós juntos, cada vez mais excitados até chegamos a um clímax que me partiria ao meio.

Sol flexionou os quadris, se empurrando ainda mais fundo na minha garganta, me forçando a tomar mais dele. Envolvi a mão ao redor da base, acariciando-o com a boca.

As palmas das mãos de Vox eram como ferro quente em meus quadris, seu comprimento longe atingindo aquele ponto dentro de mim que provocava o prazer mais viciante.

Ele sabia como se posicionar no ângulo certo, me acariciando repetidamente e me levando para mais perto... mais perto... mais perto...

Eu podia senti-los, o prazer deles crescendo em conjunto com o meu, dançando juntos em um plano de existência elementar que apenas nosso círculo de companheiros entendia.

E então uma onda de poder atingiu a todos nós, Cyrus enviou uma onda sensual que jogou nós três em um orgasmo repleto de paixão e amor.

Sol xingou, com o nome de Cyrus em sua língua.

Vox gemeu.

E eu gritei ao redor do pau que gozava na minha garganta.

Foi intenso, avassalador e perfeito, me deixando em uma nuvem de delírio da qual não queria mais emergir.

Engoli tudo o que Sol me deu. Espremi cada gota de Vox entre minhas pernas. E praticamente desabei na mesa.

O cheiro terroso das folhas de outono forneceu um toque doce em toda a minha existência, me iluminando de dentro para fora e me deixando feliz e satisfeita entre meus dois companheiros.

Vox se inclinou para beijar meu ombro, e Sol roçou os nós dos dedos em minha bochecha enquanto se retirava, cheio de cuidado, de minha boca.

Preciso de uma soneca, pensei para eles.

Os dois riram em resposta, então Sol se ajoelhou diante de mim para pressionar o nariz no meu.

— Você pode tirar uma soneca quando estivermos a caminho do Reino Humano. Eu te carrego.

Comecei a assentir, meus olhos se fechando.

Então me lembrei do que tinha que fazer quando chegássemos lá e gemi; um som que se transformou em um gemido agradável quando Vox saiu de entre minhas pernas. Cada parte minha formigava em resposta, meu corpo já se preparando para gozar novamente.

Anos satisfazendo cinco companheiros me pré-condicionou a aceitar orgasmos múltiplos.

Não era uma vida ruim.

Mas, em momentos como esse, era bastante problemático, porque não havia tempo para mais sexo.

Você é insaciável, pequena rainha, Cyrus disse em meus pensamentos.

Pare de ler minha mente, respondi.

Estamos lendo seu espírito, Exos corrigiu. *Você está praticamente se contorcendo no reino espiritual, implorando para ser comida de novo.*

Eu me pergunto por que isso acontece, atirei de volta.

Não faço ideia, Cyrus disse, sua voz o epítome da inocência.

Aham, falei devagar, tremendo quando Vox passou os dedos pela parte de trás das minhas coxas.

— Vire-se, Claire — ele disse. — Nós vamos te limpar com a boca.

Sol sorriu, claramente a favor da ideia.

— Sim, vire-se, florzinha. Vou começar com seus seios.

Aproveite, Cyrus sussurrou em minha mente, então desapareceu quando Vox e Sol assumiram o controle do meu corpo, me virando de costas e me devorando conforme prometeram.

Quando terminaram, eu nem conseguia lembrar meu nome.

O que estava ótimo para mim.

Nomes serviam para quê?

CYRUS

— Bem, nosso plano parece estar indo bem — comentei.

— Geralmente ela fica muito mais disposta a colaborar depois de uma boa transa — Titus concordou, enfiando a mão no bolso da calça. Ele escolheu usar calça preta e camisa social com as mangas arregaçadas até os cotovelos. Sem gravata. Essa era a definição de traje profissional do Fae do Fogo.

O meu era diferente do dele. Meu guarda-roupa continha mais de uma dúzia de ternos para ocasiões como essa. Exos mantinha um estilo semelhante. E era por isso que nós dois estávamos usando ternos de três peças.

— Está tudo certo para essa noite? — meu meio-irmão perguntou, seu olhar de safira tinha um tom de azul muito mais escuro do que minhas próprias íris cor de gelo. Mas nós tínhamos o mesmo cabelo loiro, cortesia de nossa mãe Fae do Espírito.

— Sim — Titus respondeu, a imagem de tranquilidade com suas mechas ruivas bagunçadas pelo vento e sorriso descontraído. — Estou com as chaves da cabana. O River me ajudou a abastecer a geladeira com comida de que os humanos gostam e tiramos as duas camas king-size dos quartos para colocá-las juntas na sala de estar. Está tudo em andamento.

Assenti.

— Excelente. Agora só temos que convencer nossa pequena rainha a concordar com os testes.

— Vamos torcer para que tudo corram bem nesta reunião — Exos respondeu, com a expressão se aguçando. — Precisamos que ela esteja feliz e contente.

— Alguns orgasmos podem ajudar com isso — Titus falou.

— Não se ela não estiver disposta a aceitá-los — Exos retrucou. — Essa ideia significa muito para ela. Também é importante para nós e nossa descendência.

— Estamos todos cientes do que está em jogo — murmurei. — Então vamos ver com quem podemos conversar para pavimentar o caminho do sucesso de nossa companheira.

Titus fez careta.

— Prefiro atear fogo à oposição.

— Vamos chamar isso de nosso plano B, hum? — sugeri.

O Fae do Fogo soltou um suspiro sofrido.

— Certo. Vou tentar a diplomacia primeiro. Mas se alguém sequer pensar em ir contra a Claire hoje, vou atear fogo neles.

Considerei apontar que isso poderia levar a uma

batalha de poderes feéricos no Reino Humano, o que seria muito ruim, mas decidi ficar calado.

Titus faria o que quisesse, com ou sem o nosso consentimento.

Tentar convencê-lo do contrário era inútil.

Então eu apenas dei de ombros e voltei a examinar a multidão.

Estávamos nos reunindo em terreno neutro, na Groenlândia, onde o Conselho Fae Inter Reinos mantinha um território envolto em proteção. Os mortais não tinham ideia de que essa civilização existia; tudo ficava escondido através de uma variedade de magia Fae.

Aos olhos mortais, o território parecia uma geleira inabitável. Mas, uma vez que um Fae atravessava a fronteira encantada, uma cidade de calor e cor era revelada.

Nem todos os Faes escolhiam permanecer no próprio reino, um desdobrar recente encorajado por uma variedade de eventos, e vários desses Faes decidiram viver ali.

Eu não sabia o número atual de habitantes, mas continuava a aumentar.

Estávamos no centro da cidade, perto do salão principal, onde o Conselho Fae Inter Reinos escolheu se reunir anualmente. Nossa companheira queria abrir uma escola aqui para aqueles com habilidades entre espécies, também conhecidos como abominações.

Muitos Faes eram contra a procriação de espécies mestiças por causa do que aconteceu no passado, mas Claire estava determinada a consertar essa percepção. Ela tinha vários aliados poderosos ao seu lado, incluindo o apoio dos Faes da Meia-Noite e Faes Fortuna.

Claire sentia que se abominações e Halflings tivessem sido mais aceitos como sociedade, seu caminho para o reino teria sido mais fácil, pois ela teria sido bem recebida e lhe proveriam o treinamento de que precisava.

Seus aliados dos reinos Faes da Meia-Noite e Faes Fortuna também eram movidos por razões pessoais, a maioria das quais era resultado da provação que enfrentaram ao longo da vida.

Claire apresentou a ideia primeiramente para a liderança deles, e aproveitou as impressões deles para a apresentação de hoje. Eu mal podia esperar para ver minha companheira em ação.

Falando em minha companheira, pensei, sorrindo quando ela entrou no grande salão com Sol e Vox de cada lado dela.

Ela veio direto para mim. Seus olhos azuis tinham um toque do pânico que eu sentia irradiar de seu espírito. No mesmo instante enviei um aperto reconfortante através do nosso vínculo, fazendo o meu melhor para acalmar seus nervos.

— Você está com a carta? — ela perguntou como forma de saudação.

— Você acha que eu esqueceria? — rebati, arqueando uma sobrancelha.

— Cyrus.

— Claire.

Ela me encarou, e eu a encarei de volta. Minha pequena rainha precisava de um pouco de fogo, e se isso significava irritá-la, que assim fosse.

A carta que ela queria era o pedido formal Fae Elemental para criar a Academia Fae Inter Reinos. Também fiz uma similar para os Faes da Meia-Noite. Os Faes Fortuna eram um pouco mais complicados, pois dividiam seus territórios entre os líderes Alfa que governavam em igual medida com seus Ômegas, então Gina só falaria em nome de sua região e conversaria com os outros Ômegas depois.

Embora eu duvidasse de que qualquer um desafiasse uma Ômega reverenciada como Gina.

Todos os outros reinos exigiriam um acordo semelhante ou não exerceriam influência nenhuma na escola.

Por favor, não faça isso, Claire sussurrou em meus pensamentos. *Preciso do seu apoio agora, não de uma briga.*

O que você precisa é se lembrar de quem é, respondi através de nosso laço mental. *Você é uma rainha, Claire. Agora levante o queixo e mostre esse seu pescoço real. Talvez eu te recompense com um beijo.*

Ela semicerrou o olhar.

Eu apenas arqueei a sobrancelha.

Eu estava agindo como um idiota? Sim. Estava fazendo Claire deixar o nervosismo de lado? Também.

Ela chegou bem perto de mim para começar a procurar a carta nos bolsos do meu paletó, vagando as mãos por todo o meu torso e fazendo meus lábios se contorcerem com diversão.

— Cadê? — ela exigiu, com uma pontada de histeria tocando seu olhar.

Segurei seu queixo e olhei dentro de seus olhos.

— Respire — disse a ela. *Não deixe ninguém te ver entrar em pânico, Claire. Você precisa chegar a essa reunião como se fosse a dona do lugar. Essa é uma ideia brilhante. Assuma-a para si.*

Suas narinas se dilataram. *Como posso fazer isso se você deixou a carta em casa?*

Eu não a deixei em casa, pequena rainha. Guardei-a em segurança, como você pediu, e vou apresentá-la quando você a solicitar durante a reunião. Soltei seu queixo para segurar sua bochecha. *De onde vem toda essa ansiedade, Claire? Do que você tem medo?*

Que eles odeiem a ideia, ela sussurrou de volta para mim.

Que... que eles não vão aceitar a mim nem à escola. E é exatamente o que não quero que aconteça com mais ninguém na minha posição.

Pressionei os lábios nos dela, escondendo as lágrimas que se formavam em seus olhos. Ela precisava desse momento para impulsionar a própria força, então eu possibilitei esse tempo com minha boca enquanto os outros cerravam fileiras ao nosso redor, garantindo que ninguém pudesse o quanto nossa rainha estava nervosa com a proposta.

Significava muito para ela em um nível pessoal, o que adicionava uma carga emocional ainda maior. Eu entendia. Mas precisava que ela entendesse que rainhas não se curvavam a ninguém.

— Você vai entrar naquela sala e mostrar a eles que é uma rainha — eu disse a ela, em tom baixo. — Não vou aceitar nada menos de você, Claire.

Ela engoliu em seco.

— E se eles odiarem?

— Então você os fará mudar de ideia.

Seus olhos azuis brilharam, as lágrimas começaram a se transformar em algo mais apaixonado.

— Não vou aceitar não como resposta — ela disse. — Vou fazê-los dizer sim.

— Exatamente — respondi. — Eles não têm permissão para dizer não.

— Eles não têm permissão para dizer não — ela repetiu, balançando a cabeça comigo. — Certo.

— Certo — repeti, pressionando os lábios nos dela mais uma vez. — Você vai ser magnífica, pequena rainha. E estamos todos aqui se precisar de nós.

— Obrigada — ela murmurou, um toque de cor ruborizando sua pele pálida. Não envergonhada, mas animada. — Eu vou conseguir.

— Eu sei que pode — concordei. — Vai com tudo. E se alguém se mostrar contrário, Titus vai atear fogo neles.

— Pode ter certeza disso — ele falou, assentindo atrás dela.

Claire riu.

— Isso não é muito diplomático.

O Fae do Fogo revirou os olhos.

— Fae, você falou igual ao Cyrus e ao Exos.

— Pessoalmente, tomo como um elogio — meu irmão respondeu, seu olhar de safira iluminado com aprovação enquanto observava nossa companheira.

Eu a soltei, ciente do que ele queria, e observei enquanto ele a puxava para um beijo reconfortante. Depois foi a vez de Titus, em seguida a de Sol e, por fim, Vox, deixou nossa pequena rainha sem fôlego.

Mas ela parecia pronta para matar.

— Estou pronta — afirmou.

— Eu sei — respondi. — Vá com tudo, pequena rainha.

TITUS

Lá da cabeceira da mesa, Claire parecia uma deusa enquanto respondia as perguntas. Ela estava calma e confiante, e a expressão, jubilosa.

Minha companheira nasceu para a liderança, assim como Exos e Cyrus, que estavam ao lado dela agora.

Fiquei de longe, observando a todos e monitorando o humor de Claire através do nosso vínculo. Toda essa merda de Conselho não era para mim. Eu preferia usar os punhos para lidar com a discórdia, nada de palavras inteligentes. Era bom Claire ter companheiros como Exos, Cyrus e Vox, equilibrava as coisas.

— Não estou gostando da postura que o Fae Metamorfo assumiu perto da nossa companheira — Sol resmungou ao meu lado, com os olhos no homem de cabelo vibrante que falava com Claire.

— Ele é um pavão — Vox respondeu. — É da natureza dele agir com tanta pompa.

— Bem, se ele continuar inclinando a cabeça desse jeito, vai acabar virando um pássaro sem penas — Sol murmurou em resposta. — Na verdade, não foi isso que o River disse para cozinhar no Dia de Agradecimento?

— Ele disse que precisamos de um peru — Vox corrigiu. — E acho que se chama Dia de Graças, não de Agradecimento.

— Dia de Graças, então. Mas qual é a diferença entre um pavão e um peru? — Sol perguntou.

— Eu... eu não sei. — Vox olhou ao redor do grandalhão para se fixar em mim. — Qual é a diferença entre um pavão e um peru? Os dois são aves, certo?

— Como é que vou saber? — Eu não era o chef do nosso círculo de companheiros. Também não sabia nada sobre comida humana.

— Teremos que perguntar ao River — Vox disse.

— Ou poderíamos depenar aquele metamorfo sedutor e assá-lo — Sol murmurou, semicerrando o olhar terroso enquanto o homem vestido com cores brilhantes inclinava a cabeça emplumada para trás e soltava uma risada.

Contraí os lábios.

— Pelo menos ele parece estar aceitando as ideias da Claire. — Ao contrário de vários outros membros do conselho Fae ali presentes.

A ideia de uma Academia Fae Inter Reinos gerou uma boa quantidade de resultados conflitantes. Alguns estavam abertos à ideia. Outros achavam que só agravaria a questão da abominação.

E havia aqueles que escolheram faltar a reunião; ou seja, os Faes do Inferno.

Eu nunca vou me esquecer do dia em que Cyrus e

Exos explicaram os vários reinos para Claire, e sua reação horrorizada ao saber da existência de Faes demoníacos.

— Você me disse que demônios não eram reais! — ela protestou. — E lobisomens também. Você... você disse que era tudo besteira humana, ou qualquer outra coisa do tipo.

— Tecnicamente, demônios e lobisomens não existem, então eu não menti — Exos respondeu naquele tom baixo que ele parecia preferir.

— Sim, os termos apropriados para eles são *Fae do Inferno* e *Fae Metamorfo* — Cyrus acrescentou.

Claire tinha olhado para os dois, então foi para o lado de fora liberar uma impressionante variedade de Elementos, e o seu talento com eles nos deixou maravilhados. Depois, ela voltou com muitas perguntas.

No entanto, depois de saber que os Fae do Inferno tinham propensão de roubar Faes para seus testes nupciais, não estava tão ansiosa para conhecê-los. Então achei bom que eles continuassem faltando as reuniões.

Mas acontece que ela mencionou que os queria aqui. Dizendo que eles iam gostar da ideia de uma escola, já que sua espécie foi criada através de uma série de abominações. Ela sentiu que eles poderiam ajudar na organização do currículo escolar, e também comentou que talvez um pouco de colaboração entre os reinos ajudaria a esfriar um pouco sua conhecida ira em relação aos outros Faes.

Uma perspectiva otimista, a qual eu a admirava por compartilhar. Mas nunca chegaria a ser concretizada. Os Faes do Inferno não tinham interesse em se reconciliar com os reinos que basicamente os lançaram para o submundo, daí o nome que receberam.

Sol ficou tenso ao meu lado quando dois Paradoxos Faes se aproximaram de Claire com espadas brilhantes em seus quadris. Exos apertou a mão de um deles, inexpressivo e régio. Cyrus seguiu o exemplo.

— Nunca gostei de habitantes do tempo — murmurei, concordando com a postura agressiva de Sol. — Eles são insetos traiçoeiros.

Aquelas espadas eram os símbolos que lhes permitiam alterar as linhas do tempo, sem que ninguém ao redor percebesse. Quem podia saber quantas realidades haviam sido alteradas sob sua autoridade? Apenas o pensamento me deu calafrios. Para um Fae do Fogo, pouca coisa me provocava esse efeito.

— Eles definitivamente vão exigir um preço por sua participação — Vox comentou, em tom diplomático. — Eles adoram fazer acordos.

Bem, essa era uma perspectiva de sua espécie. Uma perspectiva muito mais positiva que a minha.

Depois que o Paradoxo Fae terminou, outro clã de Faes Metamorfos se aproximou. Cada tipo de animal tinha seu próprio conselheiro, e a maioria parecia estar representada.

E assim foi com cada reino Fae que trazia suas perguntas e preocupações e apenas alguns concordavam verbalmente com a ideia. Outros queriam mais tempo para pensar ou precisavam discuti-la com seus próprios conselhos.

Claire brilhava de animação quando tudo acabou, com as bochechas com um lindo tom rosa que me lembrou das borboletas do espírito que ela gostava de conjurar.

Sorri para ela, ansioso para levá-la de volta para a cabana que arranjamos para a semana. Ela não tinha ideia da surpresa que a esperava, mas primeiro precisávamos comer.

Parte de mim queria pular a refeição e ir direto para a sobremesa. Mas Claire precisaria de força mais tarde, para nosso primeiro teste.

Supondo que ela concordasse com nossos planos.

Meu estômago se contorceu de ansiedade. Parte da diversão seria convencê-la a desfrutar conosco dos jogos que planejamos. E o prêmio seria vê-la conceber um bebezinho Fae.

Claire já estava deslumbrante, mas havia algo muito sensual na ideia de ela ficar grávida de nossos filhos. Ela seria uma mãe linda. Eu mal podia esperar para ver.

Eu só esperava que ela dissesse sim.

Todos nós esperávamos.

Foi difícil esconder nossos planos, especificamente porque sua mente estava ligada à de todos nós. No entanto, de alguma forma, conseguimos. Talvez porque ela estivesse muito envolvida com seus planos para a Academia Fae Inter Reinos.

Ela olhou para mim, seus olhos azuis brilhavam com tanta alegria que senti uma pontada no peito. Então seus lábios se curvaram em um sorriso secreto quando ela enviou o Fogo para dançar sobre meus dedos. Retribuí o gesto com um pequeno movimento ao longo de seu pescoço que a fez estremecer visivelmente.

Você parece faminto, ela disse em minha mente.

Estou sempre com fome, linda, respondi, a insinuação em minha voz era óbvia. *Quer ser meu aperitivo?*

Acho que sobremesa deve ser melhor.

Tirou as palavras da minha cabeça, falei, porque ela realmente tinha dito o que eu havia pensado segundos atrás. *Estou ansioso para devorá-la mais tarde, Claire.*

Eu também, companheiro de fogo, ela murmurou, me soprando um beijo de Fogo que pousou na beirada da minha boca. Criei uma linha de chamas em seu lábio inferior em resposta, então Exos se inclinou para lambê-la.

Estraga-prazeres, pensei, revirando os olhos.

Ele piscou de volta para mim, então a beijou novamente antes de se virar para liderar o grupo em nossa direção.

Hora do jantar.

Depois... sobremesa.

CLAIRE

O AR GELADO SOPRAVA COM FÚRIA DO LADO DE FORA DAS janelas do restaurante, mostrando a verdadeira natureza desta parte da Groenlândia. No entanto, lá dentro, estávamos quentes, aconchegados e completamente imunes aos Elementos.

Uma cidade Fae inteira estava sendo construída sob esta cúpula de magia. Estávamos sentados na periferia de tudo, no pub mais próximo da saída. O que eu gostava nesse local era a comida; eles serviam a todas as espécies Faes.

E foi assim que acabei com uma tigela de macarrão à bolonhesa.

Estava listado na culinária dos Fae da Meia-Noite, já que os seres semelhantes a vampiros tendiam a frequentar o Reino Humano para conseguir sangue. Pelo que entendi da cultura deles, eles adotavam principalmente alimentos humanos em seu mundo, porque era tudo o que eles comiam.

O que era ótimo para mim.

Mas combinei com hidromel, porque era delicioso.

Todos os meus companheiros pediram pratos com temas Elementais, enquanto os Faes Fortuna em nossa mesa tinham escolhido algo que seguia a linha do meu pedido.

E ao nosso redor havia mesas cheias de diferentes tipos de Faes.

Eu adorava esse sentimento de união entre os reinos; me dava um vislumbre de esperança de que a Academia Fae Inter Reinos podia mesmo ser aberta.

Uma faísca de magia Fae do Inverno fez cócegas em meu nariz, tirando meu foco das janelas mais uma vez. A magia Fae ainda me surpreendia, particularmente porque eu podia sentir a essência zumbir em minha pele como um fio desencapado.

As ondas deixaram para trás um beijo estranho que chamou pela minha magia de Água. Um redemoinho gelado dançou ao longo de meus dedos em resposta, algo a que Cyrus respondeu com um fio do próprio poder.

Curvei os lábios para cima em resposta, com a sensação que chamou minha alma.

Gosta disso, pequena rainha? ele perguntou, e seus olhos azuis cor de gelo encontraram os meus do outro lado da mesa.

Respondi aumentando o fluxo de Água ao redor dos meus dedos, apenas para sacudir quando ele igualou a minha velocidade e assumiu o controle com os próprios laços com a fonte. Ele era o Rei Fae da Água, o que lhe concedia poder ilimitado quando se tratava de seu Elemento.

Ele estava sentado ao lado de seu primo Kalt, que atualmente era estagiário dignitário em um dos outros reinos Faes.

Fae do Inverno, pensei, olhando para fora pela quinta ou sexta vez esta noite. Eles eram os responsáveis por trás da magia aqui na Groenlândia, pois usavam um poder de proteção semelhante no Polo Norte.

Todas aquelas histórias sobre Papai Noel e duendes? Sim, se originaram de um lugar que existe. Fiquei impressionada quando soube disso, e fiquei morrendo de vontade de visitá-los algum dia. Eles estavam trabalhando em estreita colaboração com os Faes Elementais, principalmente porque já residiam em território neutro no Reino Humano. E eram bastante gentis, também.

Kalt se inclinou para fazer outra pergunta a Cyrus, uma que meu companheiro aceitou com um aceno contemplativo antes de responder.

Meu coração se aqueceu com ao vê-lo dar orientações. Eu gostava desse lado carinhoso do meu companheiro Fae da Água. Mas não deixei de notar que ele parecia muito mais paciente com Kalt do que comigo.

— Ah, então os testes começaram — Gina disse ao meu lado, havia um toque de animação na sua voz.

A Água girando em torno de meus dedos se dissipou em névoa quando Cyrus se concentrou na Fae Fortuna e semicerrou os olhos.

— Não faça isso.

Ela piscou os olhos azul-claros para ele.

— Não fazer o quê?

— Jogar com o futuro — ele retrucou.

— Isso equivale a dizer para você não se entregar à sua afinidade com a Água — ela retrucou, franzindo a testa.

— Quer dizer que saí na dianteira? Porque o caminho está muito bem formado.

— Está — seu companheiro, Zeke, concordou. Seu cabelo loiro tocava em seus ombros com a brisa suave que Vox tinha acabado de conjurar do outro lado da mesa. — Mas acho que talvez estejamos nessa linha do tempo agora, Apanhadora de Sonhos.

— Ah. — Seus lábios carnudos se torceram para o lado. — Certo.

— Que testes? — perguntei, confusa com o comentário repentino. Claro, eu raramente entendia suas declarações aleatórias. A mulher adorava falar em enigmas e muitas vezes não fazia nenhum sentido. Mas nos aproximamos nos últimos anos. Principalmente porque compartilhávamos muitas das mesmas motivações políticas.

Mas nem sempre foi assim. Não gostei dela quando nos conhecemos. Ela tinha sido muito enigmática, dizendo algo sobre uma peça sombria que não se encaixava. Uma peça sombria que acabou por estar muito mais próxima do que qualquer um de nós havia percebido. Felizmente, tudo isso ficou para trás.

No entanto, a razão para eu ter desgostado de Gina à primeira vista foi por causa de sua aparência deslumbrante e da maneira como Exos e Cyrus mostraram claramente ter uma história com ela. Graças a Fae, era só amizade.

Um relacionamento que parecia estar em perigo agora que os dois olhavam com cara de poucos amigos para os Faes Fortuna.

Zeke pigarreou.

— Só porque sou cego não significa que não posso *ver* — ele disse. — Não olhe para a minha companheira assim.

— Certo. O que está acontecendo? — questionei. — Por que vocês estão tão tensos? Que testes são esses? Tem a ver com a escola?

Alguns Faes em uma mesa próxima pararam de falar, virando as orelhas pontudas em nossa direção, foi o meu tom que captou a atenção deles.

Eu queria sorrir e acenar, mas estava preocupada demais com os comentários enigmáticos de Gina para me comportar com diplomacia.

Kalt pigarreou.

— Vou pegar mais hidromel.

Ninguém respondeu, todos estavam muito ocupados olhando entre meus companheiros e Gina.

— Hum... — Aflora murmurou como saudação, então olhou para o alto Fae da Meia-Noite ao lado dela, o Guardião Zephyrus. — Parece que perdemos algo importante.

Aflora tinha dito que se juntaria a nós um pouco mais tarde para jantar, dizendo que precisava cuidar de uma tarefa. Ela não havia dito mais nada, mas ela raramente se explicava. A Fae Real da Terra que conheci uma vez havia se tornado uma poderosa rainha com a magia peculiar que muitos outros Fae temiam.

Mas ela era exatamente o motivo pelo qual uma Academia Fae Inter Reinos precisava existir: para que pudéssemos entender melhor as abominações e os acasalamentos de poder.

— Você está criando problemas? — Aflora perguntou, arqueando a sobrancelha para Gina. As duas tinham história. Algo envolvendo um café. Então não fiquei surpresa por ela ter logo suspeitado que a Fae Fortuna estava jogando um jogo de palavras. Sua espécie era conhecida por isso. Pelo menos ela não tinha aparecido com seu infame baralho.

— Por que todo mundo sempre supõe que eu sou a culpada? — Gina questionou.

— Porque você geralmente é — uma Paradoxo Fae falou lá do bar.

— Ninguém te perguntou nada, Kali.

— Tenho certeza de que você acabou de perguntar para todo o reino — ela devolveu.

Gina respirou fundo.

— Tudo o que eu mencionei foram os testes — ela murmurou.

— Testes? — Aflora repetiu, com os olhos azul-cerúleo travados em Zephyrus.

Ele deu de ombros.

— Não faço ideia. — Ele passou o braço ao redor dela, então se inclinou para sussurrar algo em seu ouvido. Fosse o que fosse, suas bochechas ficaram vermelhas. Eu não conhecia bem o macho Fae da Meia-Noite, mas Cyrus e Exos gostavam de sua franqueza. Parecia que Aflora também, porque seus olhos brilharam por causa do que ele disse.

Parei de olhar para eles e encarei Gina.

— Explique-se.

— Pergunte aos seus companheiros — ela respondeu. — Eles sabem do que estou falando.

— Você viu quem ganha? — Titus perguntou de repente, fazendo Cyrus rosnar para ele. — Ah, vamos lá, você está se perguntando a mesma coisa que eu.

— Eu não quero saber — Sol colocou. — Quero jogar o jogo, justo e certo.

— Que jogo? — perguntei. — Do que vocês estão falando?

— Não preciso que a Gina preveja o vencedor — Cyrus respondeu, encarando Titus. — Já sabemos que serei eu.

— Que besteira — Titus disse. — Eu te venci na outra noite. Ela gritou mais alto por mim.

Suspirei.

— Titus!

Cyrus simplesmente riu.

— Continue repetindo isso para si mesmo, Vaga-lume.

— Me chame assim mais uma vez, Realeza Idiota.

— Vaga-lume — ele repetiu, sorrindo.

Titus fez que ia se levantar, mas Sol colocou uma mão em seu ombro para empurrá-lo para baixo enquanto Vox soltava um longo suspiro.

Exos apenas balançou a cabeça.

— Nós queremos ter um bebê, Claire — ele disse. — E planejamos uma série de testes para determinar quem fará as honras.

Pisquei para ele.

— Oi? Como é que é?

— E essa é a minha deixa para ir embora — Gina falou, ao se afastar da mesa. — Disponha a vocês todos, a propósito.

— Tenho certeza de que nenhum de nós agradeceu — Cyrus respondeu.

— É, você com certeza foi desconvidada para o Dia de Agradecimento — Sol acrescentou.

— É Dia de Graças — Vox corrigiu.

— Que seja — meu companheiro Fae da Terra rosnou de volta. — Ela não está convidada.

— Você está falando do Dia de Ação de Graças? — Zephyrus perguntou.

— Ação de Graças? — Sol repetiu, franzindo o cenho. — Isso nem faz sentido.

— Mas o Dia de Graças faz? — Zephyrus contra-atacou.

— Sério, eu quero saber quem ganha — Titus se manifestou, com os olhos verde-floresta em Gina. Ele passou os dedos pelos cabelos ruivos e abriu um sorriso lindo para ela. — Sou eu, certo?

Ela só fez sorrir.

— Bem, foi ótimo. Vejo todos vocês mês que vem, na festa de nidificação.

— Chá de bebê — Zeke disse, ao se levantar junto com ela, seus movimentos fluidos e de alguma forma régios, mesmo ele sendo cego.

— Sim. Certo. Chá de bebê — ela concordou.

Não que eu estivesse prestando atenção neles.

Eu estava muito ocupada olhando para a mesa.

Mas o que eles tinham acabado de dizer?

— Chá de bebê? — repeti, com a voz aguda.

— Sim, mas os Faes chamam de festa de nidificação — ela respondeu, já indo embora com o companheiro, com a mão dele em suas costas. — Ah, e você vai precisar que o Fae do Inferno concorde. Sugiro que se encontre com um dos Cães do Inferno de Lúcifer. Mas não deixe o Cyrus se aproximar deles. Se ele apagar suas chamas, não concordarão com a sua proposta. — Ela deu um aceno, então seguiu em direção à saída.

— Espere — chamei assim que ela se foi.

Mas ela não ouviu, em vez disso, virou no corredor antes que eu pudesse perguntar sobre o que ela estava falando. Quase fui atrás, mas ela já havia atravessado as portas, desaparecendo na neve além. Ela entraria em um portal nos próximos segundos e viajaria para onde quisesse.

Não era à toa que ela nos recomendou comer no restaurante da fronteira.

Ela sabia que isso ia acontecer.

Fae Fortuna do caramba!

— É melhor alguém começar a me explicar o que está

acontecendo — eu disse, sem humor para mais jogos de palavras.

— Eu já expliquei — Exos respondeu. — Queremos ter um bebê, Claire. E em vez de pedir para você escolher quem será o primeiro pai, criamos uma série de testes para ajudar a determinar o vencedor.

Olhei boquiaberta para ele.

— E se eu não quiser um bebê?

Ele nem pestanejou, e já respondeu:

— Então não vamos nos incomodar com os testes. — Mas senti a dor aumentar através dos meus vínculos. Ao mesmo tempo, todos os meus companheiros ficaram preocupados com a possibilidade de serem recusados.

Até mesmo Vox tinha um tom cauteloso em seu olhar de contorno prateado.

Aflora pigarreou de novo.

— Ah, eu acho, nós vamos, ah, ir... — Ela falou tão baixinho que quase não a ouvi. E por mais rude que fosse, eu não conseguia nem responder. Estava muito consumida pelas emoções que prosperavam através dos meus laços.

Meu círculo de companheiros havia falado sobre crianças várias vezes ao longo dos anos.

Cyrus precisava de um herdeiro para o Reino da Água.

Exos também necessitaria de um herdeiro para o Reino do Espírito.

Vox havia escolhido a profissão de professor porque gostava de estudos filosóficos, mas também tinha um fraquinho por crianças e por vê-las aprender.

Sol queria um filho seu para criar e ver crescer.

E Titus, bem, ele tentou fingir que só se interessava por praticar a arte do acasalamento, mas peguei os lampejos de excitação em seus pensamentos sobre ter um pequeno Fae para jogar Fae Ball.

Todos queriam filhos.

Não necessariamente um próprio, exceto talvez Exos e Cyrus, que tinham deveres reais envolvidos, mas os outros só queriam expandir nosso círculo com pequenos Faes. Até meus dois companheiros reais queriam isso, apesar de suas obrigações para com seus tronos.

Era algo que ia além do dever para todos eles.

Eles só queriam criar vida.

Que era o maior dom de um Fae Elemental.

Mas eu também podia sentir que eles estavam dispostos a esperar, se eu assim desejasse. Eles não queriam me pressionar. Também não queriam me fazer escolher. Por isso, os testes.

Eu não conseguia discernir os detalhes de seus pensamentos, a mente de cada um se fechava em torno do que haviam planejado.

No entanto, o desejo zumbiu em minhas veias, pronta para o que quer que eles tivessem reservado.

— Tudo bem — falei, olhando para cada um dos meus companheiros. — Me falem desses testes.

CLAIRE

— CERTO, VOU PRECISAR QUE VOCÊ VOLTE PARA O TESTE do orgasmo. — Outras provas foram mencionadas, mas essa foi a competição que capturou meu interesse.

Titus sorriu.

— É exatamente o que parece, e pretendíamos começar por aqui. — Ele gesticulou ao redor da cabana para onde meus companheiros tinham me levado, na Islândia, de todos os lugares.

Depois que pagamos a conta no Pub Fae – sim, o nome era esse mesmo; extremamente original – e Cyrus se despediu do primo, meus companheiros me levaram para o meio da floresta, onde uma cabana nos esperava com uma cama muito grande dentro.

Suspeitei de que eles tivessem pegado a cama dos quartos de hóspedes e simplesmente as juntaram no meio da sala, porque os lençóis não combinavam, e o tamanho do colchão não era nada comum no Reino Humano.

De qualquer forma, deu certo.

E eu queria muito começar o teste do orgasmo... tipo, agora.

— Então vocês vão... ver quantos orgasmos podem me proporcionar nos próximos cinco dias. — Não vi problema nessa lógica. Nenhum mesmo.

— Seis — Titus corrigiu. — Decidimos que o primeiro não conta por causa da animação. Então vamos passar um dia aquecendo você, depois cada um de nós ficará com um período de vinte e quatro horas.

Engoli em seco.

— Ah, tudo bem — eu disse. — Humm. Sim, podemos começar agora.

Exos sorriu.

— Tão ansiosa.

— Precisamos que você concorde com todos os testes primeiro, pequena rainha — Cyrus murmurou. — E também precisamos ter certeza de que você aceitará bem o resultado. Está pronta para ter um bebê conosco?

Todos os cinco estudaram minha reação. Meus companheiros sempre colocavam meu conforto acima do deles. Eu estava pronta para ter um bebê? Eu não tinha certeza. Alguém já esteve pronto?

Mas lá no fundo eu sabia que meus companheiros seriam pais incríveis.

Eles me ajudariam a passar por isso, me protegeriam e me amariam incondicionalmente. Eu sentia tudo isso através do nosso vínculo, mas também já sabia.

Porque eles estiveram ao meu lado desde o início, mesmo antes de estarmos totalmente acasalados.

Nós seis fomos feitos para isso, e se meus companheiros

queriam um bebê, então eu também queria. Estávamos nessa juntos, para sempre.

Além do mais, gostei bastante da ideia de torná-los pais.

Todos eles dariam pais Faes sensuais.

Mas essa não era a razão pela qual eu queria ir adiante.

Simplesmente parecia ser a hora certa. Eu não tinha notado antes, mas agora eu sentia. Nosso círculo de companheiros estava pronto para gerar uma nova vida.

— Estou com medo — admiti. — Porque eu não sei o que esperar. Mas confio em vocês. E se vocês estão prontos, então eu também estou.

— Não faça isso por nós, Claire — Exos respondeu, se aproximando para segurar minha bochecha. — Precisa ser porque você também quer.

— Eu quero, de verdade — sussurrei, me inclinando em seu toque. — É que... parece certo. Faes criam vida. Quero gerar uma vida com todos vocês.

Eu sabia que só um deles poderia realmente plantar a semente, mas mesmo assim seria uma experiência compartilhada. Porque éramos uma unidade.

Abri meu coração e minha mente para todos eles, permitindo que sentissem minha aceitação e meu amor, e me derreti sob suas ondas de adoração e devoção.

Então Exos capturou minha boca em um beijo alucinante que deu início ao primeiro teste. A intenção era facilitar a experiência, saciar minha mente e meu corpo, e me preparar para os prazeres e dores que estavam por vir.

Ter um filho não seria fácil.

Todos nós sabíamos.

Mas era questão de adoração, de provar para mim que meus companheiros cuidariam de todas as minhas necessidades, que estariam ao meu lado em tudo.

Eles me queriam relaxada e tranquila também.

Mas o mais importante, eles queriam que eu sentisse o quanto me amavam.

Devolvi o ardor deles com meu espírito, abraçando cada um com o coração do meu ser enquanto me perdia no beijo de Exos.

Era uma paixão quente e abrasadora, que ardeu como o inferno quando Titus se aproximou de minhas costas para segurar meus quadris. Os lábios de Exos foram para o meu pescoço, enquanto suas mãos abriam o zíper da minha jaqueta, que Titus então tirou dos meus ombros e a arrastou pelos meus braços.

Cyrus a pegou dele e a jogou de lado. Então ele trocou de lugar com Exos, sua boca reivindicando a minha enquanto passava as mãos por baixo do meu suéter. Tremi em seu toque frio, minha pele era fogo em contraste com o seu gelo. As mãos de Titus foram para as minhas costas nuas e seu polegar fez o Fogo se espalhar pela minha coluna.

Gemi, o ataque de poderes elementais me acendia de dentro para fora, despertando as minhas próprias afinidades.

Meu suéter foi incinerado até virar cinzas, a essência de Titus vagava possessivamente sobre mim conforme ele passava seu toque ardente pelo meu jeans.

Ele cortou o tecido com uma lâmina de Fogo, destruindo minha calça e espalhando os restos pelo chão em uma poeira de brasas .

Cyrus sorriu em minha boca.

— Bem útil, Vaga-lume.

Titus rosnou em resposta, afastou a mão de minhas costas e agarrou um punhado do cabelo loiro de Cyrus.

— Mais uma vez, Idiota. Só. Mais. Uma. Vez.

— Vaga-lume — Cyrus provocou, rindo da expressão

que Titus fez para ele por cima do meu ombro.

A agressividade dos dois fez minhas coxas se apertarem com a tensão sexual subjacente. Eles às vezes brincavam um com o outro, mas só quando eu estava junto. Ao contrário de Sol e Vox, que às vezes dividiam a cama. Eu não me importava, porque sentia a conexão deles comigo o tempo todo, e muitas vezes eu me juntava a eles depois de uma sessão de carícias.

Nossos laços eram especiais porque todos nos amávamos.

Mesmo quando Cyrus e Titus fingiam estar em desacordo um com o outro.

Abracei Cyrus pela cintura enquanto Titus me empurrava para mais perto dele, me prendendo por inteiro entre os dois. Então ele puxou a boca de Cyrus para a sua, e eles se lançaram em um beijo violento e feroz.

A renda da minha calcinha ficou encharcada. A exibição viril foi quase o suficiente para me fazer gozar.

Sentir o corpo duro deles de cada lado meu só intensificou o momento.

Então a palma de uma mão na minha nuca me puxou em direção a outra boca faminta. *Sol*. Minha rocha. Meu companheiro Fae da Terra. Me derreti nele enquanto Cyrus e Titus continuavam a duelar de cada lado de mim.

Foi gratificante, intenso e bonito, e me firmou na realidade do meu círculo.

Tanta paixão e calor.

Um deles segurou meu seio. *Titus*.

O outro, o meu sexo. *Cyrus*.

E eles continuaram o duelo de línguas enquanto Sol me devorava com a dele.

Gemi. As sensações me deixaram em chamas, e eu estava ansiosa para sentir mais.

Cyrus puxou minha calcinha para o lado, me fazendo

questionar por que me dei o trabalho de vestir roupa de baixo, e logo me penetrou com dois dedos. Gritei, em seguida, gemi por mais.

Ele me recompensou com outro impulso, deslizando o polegar para cima para acariciar meu clitóris. Um orgasmo explodiu em mim como se ele tivesse exigido, o que fez meus joelhos se dobrarem e meu corpo acender com chamas renovadas.

Titus passou um braço pela minha cintura, enquanto sua ereção pronunciada se encaixava em meu traseiro. Apoiei a testa no ombro de Cyrus. A palma da mão de Sol ainda na minha nuca, e meus machos me seguravam através das réplicas do prazer muito repentino.

— É por isso que precisávamos de um dia de aquecimento — Titus explicou.

— Sim — Cyrus concordou. — Muito fácil.

Eu realmente queria fazer um comentário, mas não tinha ar suficiente em meus pulmões para falar. Nem meu cérebro estava funcionando bem o suficiente para conseguir elaborar uma resposta. Então decidi por um grunhido que fez os meus companheiros rirem ao meu redor.

— Termine de despi-la — Cyrus ordenou.

A energia ardente de Titus aqueceu meus seios, fazendo a renda se desintegrar em um segundo. Em seguida, a mesma sensação se deslocou para minha boceta depilada e mais para baixo, o que me fez me erguer com um gemido.

— Ela está pronta de novo — ele comentou, enquanto seu poder acariciava meus lábios úmidos antes de usar seu dom para incinerar minha calcinha.

Sol se ajoelhou ao meu lado para e removeu minhas botas e meias com mãos firmes e gentis. Em seguida, ele me acariciou da panturrilha até a coxa antes de envolver a mão na parte de trás da minha perna e me puxar para sua boca.

Um xingamento escapou dos meus lábios quando sua língua encontrou meu clitóris, fazendo minhas pernas cederem novamente. Mas Titus me pegou com facilidade quando Cyrus saiu da frente para Vox se juntar à diversão. Eu o fitei com os olhos entreabertos, enquanto meu corpo estremecia e amolecia por causa dos cuidados de Sol.

Eu esperava que meu companheiro Fae do Ar me beijasse, mas em vez disso ele inclinou a cabeça para os meus seios, sugando com força antes de roçar o mamilo com os dentes.

Entrelacei os dedos em seu cabelo longo e escuro, segurando-o junto a mim conforme ele me provocava com sua língua habilidosa.

Sol parecia replicar o ritmo entre minhas pernas, rivalizando com o de Vox em todos os sentidos.

Então, vindo por trás, Titus levou a mão entre minhas pernas para puxar um pouco da minha umidade para a outra entrada. Gemi quando ele penetrou um dedo, me acariciando para me esticar e me preparar para a noite que estava por vir.

Eles me dariam prazer, assim como eu daria a eles.

E, juntos, cairíamos em uma confusão ardente de membros e corpos nus.

No entanto, naquele momento, eu era a única sem roupas. Meus companheiros ainda estavam completamente vestidos.

Precisaria dar um jeito nisso.

Repetindo as ações de Titus, destruí a roupa deles com um movimento da minha mente. Ou tentei. Funcionou com Vox e Sol, o traje deles desapareceu sob uma onda do meu poder. Os sapatos deles estavam em algum lugar perto da porta, então os deixei.

Mas meus outros companheiros tinham antecipado minha jogada. Exos e Titus criaram um muro de Fogo próprio, protegendo o tecido, e Cyrus me respondeu com Água.

Abri os olhos para encontrar os dois reis sorrindo para mim, me desafiando a tentar com mais afinco.

Serviu como afrodisíaco, amplificando o momento e me fazendo cair em uma avalanche de desafio e fascínio. Sol e Vox não tiraram a boca de mim, com meus dedos entrelaçando seus cabelos macios, segurando-os exatamente onde eu precisava, enquanto Titus me mantinha no lugar para que eles se banqueteassem. Ele aumentou a pressão na minha bunda, me fazendo gritar de prazer induzido pela agonia, meu corpo literalmente em chamas por todos eles.

Eu queria ser preenchida por eles, ser levada para o céu e trazida de volta por meus companheiros, pousando em uma pilha de membros suados.

Mas eu sabia que era apenas o começo.

Eles nunca se apressavam, a boca e os toques deles eram minuciosos até o fim.

Sol sugou meu clitóris ao mesmo tempo que Vox roçava meu mamilo com os dentes. Foi quando Titus acrescentou outro dedo, me esticando deliciosamente e me preparando para uma noite de sexo.

No entanto, três dos meus companheiros ainda estavam vestidos, e eu precisava dar um jeito nisso. Mas, ah, eu não sabia como. Não com a língua de Sol se movendo assim. E Vox, *Fae*, aqueles lábios... *humm...*

Titus riu em meu ouvido.

— Foco, linda. — Ele abriu os dedos. — Você vai precisar tirar a roupa de todos nós se quiser que a gente te coma.

— Ou o Sol e o Vox podem fazer isso por vocês —

respondi com um gemido, e meu corpo estremeceu entre eles.

— Você prefere que eu coma o Titus? — Cyrus provocou, enviando uma onda de calor por minhas veias quando a imagem surgiu em minha mente.

Eles estavam sempre brigando, a tensão sexual entre os dois era fora do normal. E a ideia de Cyrus curvar Titus e estocar nele? Sim, isso fez minhas coxas se apertarem ao redor de Sol em uma expectativa fortíssima.

— Espero que você tenha trazido lubrificante, Vaga-lume — Cyrus murmurou, com o olhar cor de gelo cheio de intenção perversa.

— Nem sonhando, Idiota Real — Titus retrucou, roçando os dentes em meu pescoço. — Mas você fique à vontade para chupar meu pau.

— Eu só me ajoelho para a Claire — Cyrus respondeu, com a expressão esquentando. — No entanto, eu consideraria uma posição temporária, se esse for o desejo dela.

Gemi com o pensamento, meu clímax se avolumou quando Sol me penetrou com a língua. E então eu estava muito ocupada beijando Vox para entender tudo completamente.

Meus companheiros estavam me consumindo, como sempre faziam. Fazendo sugestões sensuais em um momento e me distraindo no seguinte.

Tentei me concentrar em uma tarefa, apenas para ser jogada de cabeça em outra enquanto Titus me carregava para a cama.

— Abra as pernas para o Sol — ele exigiu. — Vamos ver se o pau dele é suficiente para satisfazê-la.

Roupas, pensei. *Eu tenho que tirar as roupas deles.*

Era esse o jogo... o desafio da noite... ver se eu conseguia me concentrar o suficiente para despi-los.

E quando eu ganhasse, eles me recompensariam com o próprio corpo.

Sol subiu em cima de mim, seus músculos ondulando quando ele se inclinou para chupar meu mamilo antes de deslizar entre minhas coxas.

— Tão molhada — ele comentou, mordiscando um caminho até minha mandíbula. — Enrole suas pernas em mim, florzinha.

Minhas coxas o envolveram e enganchei os tornozelos em sua bunda, puxando-o para frente. Ele aceitou o convite, me preenchendo ao máximo e me esticando deliciosamente ao redor dele. Arqueei, meu interior sensível protestando contra a invasão enquanto também o apertava em calorosas boas-vindas, implorando por mais.

Era um enigma.

Meus companheiros me ensinaram a receber horas de prazer, todos eles eram capazes de me tomar várias vezes sem nem cansar.

Aquilo trouxe um novo significado para resistência, o que me fez ser ainda mais grata pela minha metade Fae.

Sol capturou minha boca em um beijo ardente, e seu corpo me banhou em um aroma de Terra sublinhado com calor e sexo. A vitalidade floresceu dentro de mim, abraçando meu espírito e me ancorando por completo no momento de sua clara reivindicação.

Só que o Fogo dançou ao longo dos meus braços, seguido por um fio de Água que me lembrou que eu tinha outros companheiros esperando.

Eles estavam me provocando.

Observando Sol me comer.

Atiçando meus Elementos e me forçando a entrar no jogo deles.

Gemi, sentindo um cataclismo de erotismo rasgar minha alma e chamar meus Elementos à superfície.

Ar.

Água.

Terra.

Fogo.

Espírito.

Todos dançaram pela sala, rastejando pelas paredes em trepadeiras decoradas com borboletas cor-de-rosa e brasas ardentes. A Água rodopiava com as chamas, dançando no mesmo ritmo dos quadris de Sol, e o calor irrompeu do meu ventre quando outro orgasmo estilhaçou minha capacidade de respirar.

E então Vox estava lá, com a boca na minha, soprando ar em meus pulmões, me renovando com sua essência enquanto ele se deitava ao meu lado. Sua ereção tocou meu quadril, então Sol estendeu a mão para pegá-lo. Meu companheiro Fae do Ar estremeceu e um rosnado fez sua língua vibrar na minha.

Meus braços e pernas se arrepiaram, a luxúria dos dois me dominando da melhor maneira possível.

Permiti que eles tomassem seu prazer, me deleitando com sua necessidade e deixando que o ato me sufocasse sob uma nuvem de êxtase.

Sol afundou os dentes em meu ombro enquanto gozava dentro de mim, seu sêmen quente me enchendo com sua essência terrosa, e Vox gozou ao meu lado, seu esperma era uma substância bem-vinda sobre minha pele.

Mas Titus estava certo.

Não era o suficiente.

Eu precisava de mais.

Meus companheiros que ainda usavam roupas.

E de repente eu soube o que precisava fazer para convencê-los a se despir.

EXOS

COMPANHEIRA ESPERTA, PENSEI, OBSERVANDO A ATREVIDA rolar nos lençóis, se pintando com o gozo de Sol e Vox.

Ela começou com um dedo na boceta molhada, puxando a essência de Sol até seu monte depilado para esfregar em sua pele. Em seguida, levou os restos do prazer de Vox por suas costelas e pintou os pequenos picos rosados de seus seios.

Eu nunca teria pensado que ver minha companheira banhada no esperma de outros machos me excitaria, mas aqui estávamos. E tudo o que eu queria fazer era me despir e aumentar a bagunça.

A tensão que irradiava do meu irmão dizia que ele sentia o mesmo.

De repente, minha gravata ficou apertada demais.

Afrouxei a peça enquanto Claire observava, e seus olhos azuis brilharam.

— Eu sei o que você está fazendo, baby — disse a ela.

— Sabe? — ela perguntou, com falsa inocência, conforme passava a mão entre as pernas novamente para deslizar os dedos pelos lindos lábios rosados. Sol e Vox descansavam um de cada lado, satisfeitos por ora, enquanto o resto dos companheiros dela estavam ao redor da cama com um tesão furioso, e completamente vestidos.

Ela levou o dedo aos lábios desta vez, gemendo com o gosto de sua excitação misturada ao sêmen de Sol.

Isso me fez imaginar por que decidimos começar esse jogo. Tudo que eu queria era me afundar até as bolas em minha fêmea e forçar aquela boca sedutora a dizer o meu nome.

Tirei a gravata e Cyrus imitou o movimento, em seguida tirou a seda de minhas mãos. Entendi sua intenção de imediato quando ele se aproximou da cama.

— Dê-me suas mãos, pequena rainha.

Ela sorriu.

— Só se você me der sua camisa.

Ele pensou por um momento, então largou as gravatas na cama.

— Tudo bem. — Ele tirou o paletó e o jogou para Titus. O Fae do Fogo o pegou e começou a destruí-lo com uma de suas chamas mais quentes.

Cyrus sorriu.

— Você vai pagar por isso mais tarde, Vaga-lume.

— Eu odeio esse apelido.

— Ah, eu sei — ele respondeu conforme desabotoava a camisa. — É por isso que sempre vou chamá-lo assim.

— Idiota Real — o Fae do Fogo murmurou, o título que ele parecia usar alternadamente entre mim e Cyrus. Meu irmão adorava. Eu me limitei a revirar os olhos.

— Pronto, pequena rainha — Cyrus disse, deixando a camisa cair na cama. — Agora me dê suas mãos.

Vox rolou por cima dela para se deitar ao lado de Sol, seu olhar indicava compreensão quando Cyrus segurou os pulsos de Claire e os amarrou com nossas gravatas. Ela havia entendido também, mas o brilho em seus olhos me disse que era exatamente aquilo que ela havia planejado.

E quando a calça dele pegou Fogo meio segundo depois, entendi o porquê. Ela usou o toque breve para dominar a magia de Água dele e destruir suas roupas.

Curvei os lábios, impressionado.

Cyrus a recompensou com um beijo. A diversão dele com suas travessuras ficou clara na forma como embalou seu rosto ao devorar sua boca.

Titus observou a cena com interesse, então tirou a camisa e a jogou no chão.

— Foda-se a gratificação atrasada.

Algo me disse que Claire havia planejado aquilo também. Ela sabia exatamente como manipular cada um de nós tanto com o corpo quanto com a mente. Enfiei as mãos nos bolsos enquanto Titus tirava a calça e se juntava aos outros na cama. Ele foi direto para sua boceta, a boca e a língua lambendo o sexo encharcado e fazendo-a gemer na boca de Cyrus.

Ela entrelaçou os dedos nas mechas ruivas do Fae do Fogo, com os pulsos ainda presos pelos laços de seda. Cyrus segurou suas mãos e, com cuidado, as puxou para cima de sua cabeça. Sol apertou a palma da mão sobre a dela, segurando-a contra os travesseiros conforme Cyrus passava os dedos pelos braços.

Anos brincando com nossa companheira deixou tudo muito harmonioso. Embora muitas vezes nos revezássemos, sempre desejando noites a sós com ela, ainda gostávamos de momentos como esse. Só não acontecia tanto quanto gostaríamos.

Vox, Titus e Sol residiam com Claire na Academia Fae Elemental. Cyrus ia e vinha entre a Academia e o Reino da Água, às vezes levando Claire para breves visitas. E eu mantive minha residência no Reino do Espírito, mas voltava à Academia para nossas noites em grupo.

Dava certo para nós.

Claire sempre passava uma noite por semana sozinha comigo no Reino do Espírito, assim como passava uma noite no reino de Cyrus também. Então Titus, Vox e Sol tinham sua própria noite com ela na Academia. E assim teríamos dois dias inteiros como um círculo de companheiros.

O que costumava terminar com uma atividade semelhante à que se desenrolava na cama.

— Monte no Titus — Cyrus ordenou. O Fae do Fogo estava deitado de costas ao lado de Sol. Vox se apoiou no cotovelo para assistir, e o Fae da Terra descansava preguiçosamente nos travesseiros, com o olhar protetor fixo em Claire. Ele sempre garantia a segurança dela, assim como eu guardava todo o círculo. Era por isso que eu ainda estava completamente vestido, observando os eventos se desenrolarem.

Eu entraria por último.

Era o que eu fazia quase todas as vezes.

Minha virilha se retesou quando Claire rebolou de leve sobre os quadris de Titus, seu corpo lembrava o de uma deusa. O que era uma descrição adequada, dado seu controle sobre todos os cinco Elementos.

Ela era uma verdadeira rainha.

Uma beleza.

Uma maravilha no mundo dos Faes.

E era minha.

Lambi os lábios, amando a forma como seus seios balançavam conforme ela movia os quadris para guiar Titus para dentro de si. O Fae do Fogo soltou um suspiro, apertando a cintura esbelta para mantê-la no lugar. Cyrus removeu as amarras de seda, então enfiou os dedos em seu cabelo volumoso e a guiou até a boca de Titus.

Os dois se envolveram em um beijo regido pela afinidade dos dois com o Fogo. Eu senti o ato aquecer o ar, ativando minha habilidade secundária com o Elemento. Cyrus lutou com sua Água, encharcando cada uma das brasas antes que elas pudessem alcançar a pele clara. Então ele se moveu atrás de Claire para se alinhar em sua bunda.

Titus já a havia preparado, algo que todos sabíamos que ele havia feito por causa de Cyrus.

Os dois se uniram de uma forma inesperada ao longo dos anos. A propensão que tinham para fazer dupla penetração em Claire era bem conhecida e respeitada em nosso círculo. Às vezes eu me juntava a eles e tomava sua boca, mas não essa noite.

Eu a queria por último.

Para fazer amor com ela.

Para acalmá-la.

Para adorá-la.

Ela se saiu muito bem hoje na reunião do Conselho Fae Inter Reinos. Meu peito se aqueceu com a memória e meu orgulho irradiou através do vínculo quando ela recebeu a estocada de Cyrus. Seu prazer disparou através de nosso vínculo e ela arqueou as costas com o impacto de ambos os machos dentro dela. Titus espalmou seus seios, e meu irmão passou o braço em torno de sua cintura, segurando-a junto a si enquanto estocava profundamente em seu traseiro.

Em seguida, ele a agarrou pelo cabelo e inclinou sua cabeça para trás para beijá-la, fornecendo a imagem erótica mais bonita para todos nós observarmos.

Nossa companheira sendo comida pelos dois lados.

Seus seios sendo segurados por um Fae do Fogo.

A língua sendo reivindicada por um Rei Fae da Água.

Sol e Vox já estavam excitados de novo. A visão do prazer de sua companheira era um afrodisíaco que nenhum de nós poderia ignorar. O fato de Cyrus e Titus saberem transformá-la em uma obra de arte só amplificava a experiência.

Eles não se seguraram, a tomaram com um abandono que a fez gritar na boca de Cyrus.

Desabotoei o cós da minha calça muito apertada, sentindo meu ventre tensionar com uma necessidade mal contida. Eu precisava dela mais do que precisava respirar. Mas me segurei, valorizando meu controle, guardando-a conforme ela se perdia para o êxtase total entre os dois companheiros que transavam com ela.

Ela criou uma cena impressionante, com aquele corpo feito para o sexo, feito para isso, feito para *nós*.

Enviei um rastro de Fogo de seu abdômen até o clitóris, levando-a ao ápice com Titus logo atrás dela. E então Cyrus grunhiu, gozando dentro dela. Os três tiveram uma experiência orgástica que todos nós sentimos através de nossas conexões.

Foi tão intensamente íntimo que quase gozei. Sol começou a se acariciar de leve em resposta. Vox apenas olhou para os outros, seu olhar preto bordejado de prata preenchido com uma determinação arrebatadora.

Mas era a minha vez.

Claire olhou para mim com as pupilas cheias de luxúria, as bochechas coradas com uma mistura de cansaço e excitação. Seu poder chamejou, seu Fogo tentou destruir minhas roupas mais uma vez. Mas me protegi dela, desejando uma luta adequada que só minha companheira poderia proporcionar.

Ela não decepcionou, me levando ao plano do espírito, onde nossas almas prosperavam, e me envolveu em um toque sedutor de calor encantado.

Sorri, intrigado, e a puxei para a fonte, desejando testar suas habilidades e controle geral. Ela puxou de volta. Então pulei para longe e ela me seguiu, brincando dentro de nosso lugar especial enquanto nosso corpo permanecia no Reino Humano com todos os outros.

Cyrus espreitava por perto. Sua energia do espírito foi atraída para a brincadeira apenas pelo impulso. Nós dois éramos filhos de uma Fae do Espírito Real, e a maioria dos Faes do Espírito tinha acesso a mais de um Elemento. Seu Elemento secundário era a Água por causa de seu pai. Meu dom secundário era o Fogo, que foi como lutei contra Claire no plano físico. Mas minha alma pertencia ao Elemento do Espírito, onde muitas vezes eu a fazia se curvar.

Exceto que ela parecia decidida a me deixar de joelhos essa noite, com seus movimentos de flerte roçando em mim, deixando um rastro de desejo.

Você está ficando boa nisso, princesa, sussurrei em sua mente. *Mesmo depois de ter feito um sexo daqueles e estar exausta, você ainda me proporciona um bom desafio.*

Aprendi com os melhores, ela murmurou de volta para mim, a assinatura da sua energia vibrando ao redor da minha mais uma vez.

Ela estava linda aqui em seu estado etéreo e havia um toque rosado na sua essência essa noite. A felicidade de Claire aqueceu meu coração. Mas era a mancha vermelha em seu centro o que eu desejava; sua paixão e necessidade.

Dei um passo em direção à cama, ciente de nossos

arredores na cabana. Os olhos de Claire estavam fechados, e seus outros companheiros nos deram um pouco de espaço para esse abraço do espírito. Cyrus estava deitado à sua esquerda, com a cabeça no travesseiro. Titus estava à direita. Sol e Vox descansavam do outro lado de Cyrus.

Uma bela visão, me dando as boas-vindas ao grupo.

Mas permaneci no reino do espírito também, perseguindo-a por todo o campo perto da fonte do meu poder. A maioria dos Faes não poderia ficar tão perto da âncora do próprio Elemento. No entanto, eu não era mais um Fae. Os Reis Faes Elementais eram o canal das respectivas fontes, e eu mantive a entidade espiritual. Como minha companheira, Claire poderia acessá-la também, o que ela provou agora se aproximando ainda mais da luz ofuscante.

Antecipando seu próximo movimento, entrei no caminho de Claire para pegá-la. Ela riu, e se derreteu em minha essência, me dando o beijo mais íntimo que nossa espécie poderia experimentar.

Não estávamos nos tocando fisicamente, mas nos abraçando mentalmente.

E isso quase me deixou de joelhos.

Por favor, Exos, ela implorou em minha mente. *Quero você.*
Você sempre me quer.

Sim, ela concordou, ignorando minha arrogância. *Mas agora eu preciso de você.* Ela se inclinou para mim, enquanto seu Espírito tecia através do meu e criava uma trança íntima da qual eu nunca seria capaz de me separar. Não porque me faltasse o poder para isso, eu poderia desmanchá-la com facilidade, mas porque eu me recusava a desatar nossas almas. Nós fomos feitos um para o outro, e eu provava isso agora, ao permitir que seu poder se apoderasse de mim, dissolvendo minhas roupas.

É uma prova do meu amor quando deixo você destruir um dos

meus ternos favoritos, sussurrei em sua mente ao me ajoelhar na cama, entre suas pernas abertas. *Você está pronta para mim, linda?*

Sim, ela respondeu, estendendo a mão para mim. *Me fode gostoso, Exos.*

Me inclinei para dar um beijo em seu sexo. *Talvez eu queira te comer em vez disso.*

Preciso de você dentro de mim.

Mesmo? perguntei, passando um dedo em seu calor escorregadio. *Assim?*

Mais.

Acrescentei outro dedo. *Melhor?*

Exos.

Claire.

Ela grunhiu, e foi o som mais fofo que eu já ouvi. Mordisquei seu clitóris em resposta, em seguida lambi um caminho até os seios fartos. Ela gemeu sob meu toque, entrelaçando os dedos em meu cabelo enquanto me puxava totalmente para fora do reino do Espírito e para a cabana ao nosso redor. Eu podia jogar nas duas realidades, mas senti que ela necessitava da experiência completa do meu toque físico.

Nossas almas já estavam amarradas.

Agora ela queria unir nosso corpo.

Pairei sobre ela e tomei sua boca em um beijo destinado a machucar. Ela aceitou minha crueldade, meu amor, minha necessidade de controle, e liberou suas demandas tácitas ao envolver as pernas em torno de mim.

— Dê o que ela quer — Cyrus encorajou.

— Sim, ou eu tomarei o seu lugar — Sol adicionou em um tom baixo.

Eu ri e passei o pau por sua boceta úmida, amando o beijo molhado e acolhedor de seu calor.

— Todos vocês tiveram sua vez. Ela é minha agora.

— Nossa — Titus corrigiu.

— Não neste momento — respondi, penetrando-a profundamente, reivindicando-a por completo e tomando-a do jeito que eu preferia.

Ela permitiu, conhecendo minhas preferências na cama e as aceitando com gosto. Assim como os outros fizeram, embora eu praticamente pudesse sentir Titus me desafiar através dos laços. O que só deixou o momento mais intenso, me dando um propósito, algo para provar, levando nossa companheira a novas alturas enquanto eu estocava nela com o abandono de que nós dois precisávamos.

Gratificação sem fim exigia novas reviravoltas para manter o prazer fresco, que foi o que dei a ela agora.

Um indício de dor.

Um toque de violência.

Uma pontada de agressividade masculina.

E um inferno de muita adoração.

Sua língua duelou com a minha, as unhas arranharam minhas costas conforme eu arremetia nela. Então aumentei o aperto em torno de seu Espírito, adicionando outro nó à bagunça que ela havia criado, e gemi quando ela saltou em resposta.

Foi um acasalamento espiritual misturado com calor e toque físico.

Ela me queimou de dentro para fora, e eu retribuí na mesma moeda.

Exos, ela ofegou na minha mente.

Agora, princesa, respondi, sabendo do que ela precisava. *Goza para mim agora.*

Ela curvou as costas para longe da cama, entreabriu os lábios em um grito que engoli com a língua. Ela vibrou, e seu prazer se aproximou da dor enquanto sua boceta apertava meu pau. Foi incrível. Viciante. Delirante.

Estoquei dentro dela, precisando de mais, levando-a a outro orgasmo em minutos, e lhe dando um prelúdio da competição que estava por vir.

Porque eu queria ganhar.

Assim como todos os outros companheiros.

E eu era ótimo agradando a minha Claire.

Por horas. Dias. Semanas. O que fosse preciso.

Ela se desfez debaixo de mim, cravando os dentes em meu lábio inferior em uma repreensão silenciosa por exigir tanto dela. E, caramba, se essa não foi a resposta mais sensual que ela já me deu.

Passei a língua em sua boca seguindo o ritmo do meu pau e me deleitei com a queimadura que se avolumava em meu ventre. Puta merda, foi bom. Muito, muito bom. Claire cravou os calcanhares na minha bunda, me incentivando a continuar, fazendo aquela exigência sutil que ela sabia que eu amava, e me encorajando a me juntar a ela no orgasmo.

Minhas bolas se contraíram.

Meu estômago ficou tenso.

O momento desacelerou, tudo se intensificou e depois explodiu em um milhão de pedaços conforme eu me perdia dentro dela.

Ela era tão apertada. Tão quente. Tão molhada. Tão perfeita.

Gemi, seu nome era uma bênção na minha língua enquanto eu dava tudo a ela, encharcando-a com minha reivindicação, e a beijando até ela perder os sentidos.

Eu te amo, eu disse a ela. *Puta merda, eu te amo, Claire.*

Eu também te amo, ela murmurou e fechou os olhos, em evidente exaustão.

Mal podia esperar para vê-la daqui a uma semana. Ela estaria exaurida por causa do excesso de gratificação.

— Humm, que comecem os testes de orgasmo — comentei, mordiscando seu queixo.

— Certo. — Foi tudo o que ela disse; e curvou os lábios em um sorriso preguiçoso ao se entregar ao sono.

— Durma um pouco, pequena rainha — Cyrus disse, beijando sua têmpora. — Você vai precisar.

CLAIRE

Eu nunca mais quero gozar.

Nunca mais mesmo.

Bem, pelo menos não por mais alguns dias. Talvez uma semana. Porque, sim. Eu não conseguia sentir minhas partes femininas. Meus mamilos pareciam vidro. E, sim, eu não conseguia andar.

— Sabe, acho que toda essa coisa de teste saiu pela culatra — comentei. — Vocês quebraram minha vagina. Então não vou ter um bebê depois de tudo isso. Mas obrigada por todos os, hum, orgasmos.

Cyrus riu. A palma da sua mão era como uma marca sobre a minha coxa.

— Confie em mim, você não está quebrada. — Ele se inclinou para beijar o ponto de pulsação do meu pescoço.

— E aposto que todos nós poderíamos fazer você gozar novamente daqui a algumas horas.

Cruzei as pernas.

— Não.

Titus se juntou a Cyrus em sua diversão. Os dois empataram no teste. Ao que parece, não envolvia apenas o número de orgasmos, mas também a intensidade deles e a altura dos meus gritos.

Para mim, eles estavam na mesma posição, mas Cyrus e Titus reivindicaram a vitória por fazer os abalos secundários durarem mais.

Eu não estava prestando atenção, fiquei perdida demais no prazer, então acreditei na palavra deles.

Exos me entregou uma xícara de seu famoso chocolate quente e se inclinou para me beijar na cabeça. *Você é majestosa*, ele sussurrou na minha mente. *E você não está quebrada, apenas foi bem comida.*

Suas palavras fizeram uma linha de Fogo se arrastar por minhas veias, e meu ventre pulsar de desejo. Eu me contorci, era cedo demais para uma intensidade dessas. Ele riu em resposta, assim como Cyrus, que sentiu minha coxa se contrair sob sua mão.

Vox, com o cabelo caindo ao redor dos ombros e sem camisa, entrou com uma bandeja de comida. Sol veio logo atrás trazendo outra bandeja, trajado de forma semelhante ao Fae do Ar. Eles colocaram tudo aos pés da cama.

— Há mais na cozinha — Vox falou, me dando uma piscadinha.

Meu nariz franziu ao sentir o cheiro familiar de bacon.

— Você fez...?

— Fiz — ele respondeu, lendo meu pensamento. Talvez não literalmente. Todos os meus companheiros tinham que saber o que eu estava pensando.

— Então isso é bacon de verdade? Tipo, de porco?

— Sim — ele confirmou. — Nenhum troll à vista.

Coloquei meu chocolate quente em uma mesa e pulei de emoção. Em seguida o abracei bem quando alguém pigarreou da porta.

Kalt estava na soleira usando gorro, cachecol, casaco e jeans. Seus olhos estavam fixos em Cyrus, não em mim, mas isso não impediu Sol de agarrar meu corpo nu e me empurrar para trás de si.

— Fora — ele retrucou.

— Cyrus me disse...

— Fora! — Sol repetiu, mais alto dessa vez.

Olhei ao redor dele a tempo de ver Kalt nebular em outro lugar, o que me fez revirar os olhos.

— Sério? — perguntei ao meu companheiro Fae da Terra. — Você poderia ter me entregado um roupão.

Que foi exatamente o que Exos fez, de modo muito mais calmo. Passei a seda pelos braços e apertei o laço em volta da minha cintura.

— Não vamos convidar um sexto membro para nosso círculo — Sol resmungou.

Cyrus deu uma risada.

— O Kalt está bastante ocupado com selkies no momento. Acho que ele está bem.

— Selkies? — repeti.

— Sim, metamorfo de foca — ele respondeu. — Eles são uma espécie de Fae do Inverno.

— Já posso entrar? — Kalt chamou do outro lado da porta. — Ou vocês gostariam de continuar discutindo minha vida amorosa?

— Insolente — Cyrus murmurou, sorrindo de orelha a orelha.

— Eu não tenho nem ideia de quem ele me lembra — Exos brincou. — Nenhuma mesmo.

Titus bufou e pegou um pedaço de bacon do prato.

— Pode entrar — chamei, contornando meu companheiro que mais parecia uma rocha. Ele colocou uma mão possessiva na parte inferior das minhas costas, o que fez meus lábios se contorcerem. *Não quero nem preciso de mais companheiros, Sol.*

Que bom. Sua voz mental me fez lembrar de rochas lisas. *Porque não vou compartilhar você com outro membro da realeza.*

Você gosta do Exos e do Cyrus.

Eu os tolero, ele murmurou.

Você mais do que os tolera, respondi. Houve um tempo em que Sol não confiava em nenhum deles, mas sua experiência com um Fae poderoso alterou a opinião que ele tinha sobre os Faes do Espírito e os membros da realeza. Mas aos poucos ele foi superando o próprio passado, mesmo que no momento estivesse tentando fingir o contrário.

Eu podia sentir o profundo respeito que ele tinha por Exos e Cyrus. O problema ali era mais Kalt me ver nua depois de uma semana de orgasmos do que a possibilidade de eu tomar outro companheiro. Sol não gostava de nada que pudesse me causar desconforto. E por isso, e por uma infinidade de outras razões, eu o amava muito.

Estou bem, assegurei a ele quando Kalt voltar a entrar, o olhar do Fae da Água estava cauteloso.

— O que o traz à Islândia? — perguntei, genuinamente curiosa.

— Ah, eu tenho uma atualização dos Faes do Inverno. Cyrus me disse que você ainda estava aqui e sugeriu que eu passasse para dar a notícia. — Ele engoliu em seco, e seu longo cabelo branco ondulou ao vento agitado pela magia do Ar de Vox, que parecia fluir naturalmente ao redor do meu companheiro, que estava mais próximo da porta.

— Diga a ela — Cyrus incentivou, sorrindo.

Essas duas palavras me disseram que meu companheiro de Água já sabia o que Kalt tinha a dizer.

— Os Faes do Inverno concordaram em apoiar a academia e encantá-la como fizeram na Região Inter Reinos — Kalt anunciou.

— Mesmo? — Dei um saltinho e soltei um grito agudo, então atravessei a sala correndo para abraçar o emissário Fae da Água. Ele não retribuiu o gesto por causa do grunhido de Sol às minhas costas.

Esse roupão é fino e não deixa nada para a imaginação, florzinha.

Faes correm nus o tempo todo, lembrei a ele e revirei os olhos. *Especialmente Faes da Terra.* Mas soltei o paralisado Fae da Água e dei alguns passos para trás.

— Desculpe, estou animada.

— Eu sei — ele respondeu, olhando para Cyrus. — Como você sabe sobre Norden?

— Eu sei de um monte de coisas — meu companheiro falou. — Também sei sobre Lark.

Kalt fez um barulho.

— Não é verdade. Eu não estou na tríade deles.

Cyrus deu de ombros.

— Ei, eu não sou de julgar.

— Sou um Fae da Água, não Fae do Inverno. — Kalt pronunciou as palavras entre os dentes, enquanto seus lindos olhos queimavam com poder gelado.

— O que é uma tríade? — perguntei, olhando entre eles.

— Semelhante a um círculo de acasalamento — Exos respondeu. — A cultura Fae do Inverno é um pouco diferente da nossa. Eles formam matilhas de machos que tomam uma única companheira.

— Então eles são como Faes Fortuna? — perguntei, pensando em Gina e seu círculo de companheiros.

Exos considerou a pergunta por um momento antes de responder:

— Humm. Mais ou menos. É um conceito comparável a como os machos se unem uns com os outros tanto quanto com a fêmea. No entanto, os Faes do Inverno não têm a mesma estrutura Alfa, Beta e Ômega.

Kalt bufou.

— Diga isso para o Lark. O elfo real com certeza pensa que é um Alfa.

— Isso é porque você continua lutando contra o destino — Cyrus respondeu.

— *Eu não sou um Fae do Inverno* — ele retrucou, e seu cabelo branco enregelou nas pontas. — E por que estamos falando disso? Só vim entregar a declaração.

— De Lark — Cyrus acrescentou.

— Sim. Do Príncipe Lark —ele admitiu, com a mandíbula tensa. — Eles concordaram em apoiar a academia e a magia necessária. Agora vou tirar alguns dias de folga enquanto os Fae do Inverno vão brincar e espalhar a alegria do Natal por todo o Reino Humano.

— Você deveria voltar conosco para a Academia Fae Elemental — Cyrus sugeriu. — Você pode nos ajudar com os testes.

— Testes? — ele repetiu, e sua expressão foi da confusão para a exasperação. — Ah, merda, o que o Lance fez agora?

Eu quase ri. Lance era o irmão mais novo de Titus e o melhor amigo de Kalt. E, sim, o pequeno foguete era um encrenqueiro. Mas ele cooperou bastante em seu período de liberdade condicional sendo meu assistente na Academia. Eu gostava bastante do Fae cabeça-quente. Ele me lembrava de seu irmão, apenas era mais jovem e um pouco mais descontrolado.

— Ele está falando da competição entre eles — esclareci. — Para decidir quem vai ser o pai do nosso primeiro bebê. Não tem nada a ver com o Lance.

Kalt piscou para mim. Então olhou para o primo e arqueou uma sobrancelha branca.

— Por que é que eu ajudaria com isso?

— Precisamos de juízes — Cyrus explicou. — E pelo que me lembro, você ainda me deve um favor.

O Fae da Água semicerrou os olhos.

— Então este é o favor de que você precisa? Julgar jogos sexuais nos meus dias de folga?

— Ah... — Pigarreei. — Eu não... eu, uh... — Eu não conseguia me lembrar quais eram os outros testes, pois minha mente se concentrou apenas na competição do orgasmo. — Concordo o com Kalt nisso. — Porque esses testes provavelmente tinham relação com o sexo.

Exos riu.

— Os outros testes envolvem trato com crianças, resistência não sexual e preparo de refeições. Precisamos de um juiz especificamente para a última parte.

— Preparo de refeições? — Kalt voltou a arquear a sobrancelha. — Então você precisa de alguém para julgar a comida?

— Essencialmente, sim. — Exos ergueu um ombro. — Todos os três testes se misturam, mas terminam com o preparo do jantar. Precisaremos que outros nos digam quem preparou a melhor refeição.

— Comida grátis — Kalt declarou. — Certo, claro. Posso aguentar isso.

Cyrus sorriu.

— Não está gostando da culinária dos Fae do Inverno?

— É um pouco doce demais para o meu gosto — admitiu. — Eles comem cupcakes no café da manhã.

— Não vejo nada de errado com isso — respondi, ao pegar meu chocolate quente intocado da mesa. — Vamos para o Polo Norte.

— Mas eu fiz bacon. — Vox acenou para os pratos. — E ovos de verdade.

Contorci os lábios.

— Verdade. Certo, café da manhã, depois cupcakes.

Todos os meus companheiros riram, e Kalt permaneceu impassível. Ficou óbvio que ele não gostou nada da ideia de voltar ao Polo Norte.

— Temos que começar os testes hoje, pequena rainha — Cyrus disse. — Mas quando terminarmos, podemos levá-la aonde você quiser.

— Por que hoje? — perguntei, antes de tomar um gole do líquido delicioso. Era muito, muito bom. *Eu te amo, sério mesmo*, eu disse a Exos.

Também te amo, querida.

— Porque todos concordamos que era melhor testar nossa resistência e capacidade de lidar com crianças depois de uma semana dando prazer a você. Aumenta as apostas e deixa tudo mais realista — Cyrus explicou.

— Sim, porque precisamos ter certeza de que podemos equilibrar transar com você e criar um filho — Titus acrescentou. A franqueza, sua marca registrada, apareceu. — Então a próxima fase envolve cuidar de um objeto quebrável, ficar acordado por trinta horas e depois cozinhar uma refeição nutritiva.

Cyrus assentiu.

— Seremos avaliados em todos os três testes e a pontuação será adicionada aos resultados desta semana.

— Que tipo de objetos quebráveis? — perguntei em

voz alta, enquanto pegava um pedaço de bacon para mordiscar entre os goles de chocolate quente. Estranho, sim. Mas o sabor era incrível.

— Ainda está para ser decidido — Titus respondeu. — E precisamos que alguém avalie essa parte também.

— Verdade. — Cyrus olhou para Kalt. — Então você vai julgar isso também.

— Ele não pode avaliar você — Exos interveio. — Ele vai ser parcial.

— Tem razão. Ele dirá que falhei — Cyrus respondeu. — Ele pode avaliar o Titus.

Kalt grunhiu.

— Você percebe que não sei nada sobre cuidar de um objeto?

— Tudo que você precisa fazer é tomar notas e dizer como o objeto foi tratado — Vox murmurou. — Se Titus atear fogo nele, adicione a observação às notas.

Titus zombou.

— Não vou atear Fogo nele.

— É o veremos, não é? — Vox respondeu, curvando os lábios.

Meu companheiro de Fogo simplesmente revirou os olhos antes de dizer:

— O Lance pode ser o outro juiz.

— O River também — Exos sugeriu. — Ele está na Academia, então faz sentido.

— Também podemos pedir ajuda a Ophelia e ao Mortus — Cyrus contribuiu. — Aí serão cinco avaliadores para o teste inicial. Eles também podem confirmar que ficaremos trinta horas sem dormir. E depois, todos se juntarão a nós para o jantar.

— Está combinado, então — Exos concordou, juntando as mãos. — Então vamos comer, depois nós voltamos para encontrar nossos itens.

Sorri com a boca na caneca de chocolate quente.

Isso seria divertido pra caramba.

Boa sorte, rapazes, pensei para todos eles, depois me perdi no café da manhã.

Porque bacon era quase tão bom quanto sexo.

CTITUS

— O QUE É ISSO? — PERGUNTEI, OLHANDO PARA A esfera translúcida na mão de Cyrus. Parecia uma esfera de vidro com cristais de gelo gravados ao longo da superfície externa.

— É uma relíquia de gelo do reino Fae do Inverno — Cyrus respondeu, usando a magia da Água para mantê-la congelada. — Pedi ao Kalt que me trouxesse uma.

— É linda — Claire disse, enquanto seu Elemento acariciava o item com ternura. — O que você encontrou, Titus?

Limpei a garganta, nervoso de repente. Por que Cyrus teve que me mostrar uma relíquia de outro reino? Idiota. Nem todos nós tínhamos acesso a objetos estranhos. Pelo menos o meu era relacionado ao elemental. Abri minha bolsa para apresentar meu item frágil para Claire.

— É um ovo de Pássaro de Fogo — expliquei. — Um infértil, então é tecnicamente comestível. — Não queria arriscar uma vida. Talvez isso fosse contraproducente para a parte de cuidados do teste, mas os Pássaros de Fogo eram lindos, raros e muito protetores com seus filhotes ainda não nascidos.

— Eu amo Pássaros de Fogo. — Os olhos de Claire adquiriram um brilho sonhador, ao passo que sua mente imaginava uma das impressionantes criaturas de Fogo. Elas me lembravam fênix, só que menores.

Vox, Sol e Exos falaram em seguida, exibindo seus itens para Claire.

Vox tinha uma pena.

Sol pegou um pêssego da árvore favorita de Claire na Academia.

E Exos segurava um espelho de mão encantado, que poderia funcionar como uma chave de portal para espiar outros reinos. Ele demonstrou exibindo a ela uma imagem de sua casa em Ohio, o que rendeu a ele o maior sorriso de todos.

— Ah, que saudade de lá. — Nossa companheira parecia tão melancólica, o que apenas confirmou que nossos planos para ela eram corretos. — O canteiro de abóboras e os labirintos de milho sempre foram tão divertidos. — Vimos um menino correr por um dos labirintos que ela mencionou, torcendo até ele chegar ao final, então Exos guardou o espelho.

— Você pode ficar com ele quando o teste terminar — ele prometeu a ela.

— Eu adoraria — ela admitiu.

Ele a beijou na bochecha e nos encarou em seguida.

— Tudo bem. Trinta horas. Temos nossos avaliadores — ele acenou para os cinco Faes que aceitaram ajudar.

Bem, talvez nem todos tivessem aceitado.

Meu irmão taciturno ficou à margem com os braços cruzados e a expressão entediada. Ele preferiria estar lutando em outro duelo sem poder. O idiota tinha propensão a quebrar todos os meus recordes. Era como se destruir o meu legado e substituí-lo pelo seu tivesse se tornado a sua missão de vida.

Então, sim, não me senti mal por tê-lo envolvido nessa tarefa.

Além disso, ele estava em condicional por mais um mês, o que significava que ele tinha que fazer qualquer coisa que mandássemos. Era o que acontecia quando se fugia para o Reino Humano para lutar com mortais.

Para ser sincero, Claire tinha pegado muito leve com ele, transformando-o apenas em um estagiário de honra. Ele precisava cumprir sentença pelo que havia feito em Nova York, mas respeitei o desejo da minha companheira de tentar orientá-lo primeiro. Quando isso não funcionasse, eu pressionaria para que ele tivesse uma sentença mais dura. Ele precisava aprender que suas ações vinham com consequências, algo que eu sabia que ele ainda não compreendia muito bem.

— O objetivo aqui é seguir normalmente com o dia, só que mantendo o item ileso. Como nossos avaliadores estão todos aqui na Academia, alguns de nós terão que improvisar. — Exos olhou de forma incisiva para Cyrus, já que os dois não residiam no campus em tempo integral. Sol, Vox e eu ficaríamos bem, já que nós tínhamos nossos respectivos estudos. — Talvez possamos trabalhar no Esquadrão do Espírito? Continuar as restaurações?

Cyrus assentiu.

— Acho que seria uma forma sábia de usar o nosso tempo.

— Eu posso ajudar — Mortus respondeu. Ele estava

encarregado de avaliar Exos, uma atividade que há cinco anos estaria completamente fora de questão.

Todos nós tivemos uma história com o ex-professor Fae do Espírito. E não tinha sido nada boa. Mas ele se redimiu ao longo do tempo, particularmente por meio do tratamento que deu à mãe de Claire, Ophelia, que foi sua noiva. Eles tinham um vínculo de terceiro nível que deveria ter sido inquebrável. No entanto, aconteceu um monte de merda que destruiu o acasalamento deles e várias vidas.

Houve muito desgosto envolvido, mas os dois pareciam estar se recuperando.

— Acho que vou ajudar também — Lance murmurou. — Já que estou *de olho* no Cyrus.

O Rei Fae da Água resfolegou.

— Esse comentário vai render bastante trabalho a você.

— Posso ver o quanto você ficou decepcionado — meu irmão falou, demonstrando que o problema com o seu gênio continuava firme e forte.

Considerei dizer algo, mas decidi pelo contrário. Cyrus já tinha tudo resolvido e logo colocaria o rebelde Fae do Fogo no próprio lugar.

Olhei para Kalt.

— Acho que você se juntará a mim na academia.

O Fae da Água se iluminou.

— Gostei da ideia.

— Mas não é nada emocionante. Ele não luta mais — meu irmão respondeu. — Você vai ficar entediado em cinco minutos.

Semicerrei o olhar para o cabeça quente do meu irmão mais novo.

— Tenha cuidado.

— Ou o quê? — Ele arqueou uma sobrancelha ruiva

que era igualzinha à minha. — Vai me desafiar? Ah, espere, você está velho e fora de forma. Então acho que só vai ficar aí parado e encher meu saco.

Grunhi, e Exos se interpôs entre nós.

— Pare de provocar seu irmão. — O poder Real queimou ao redor de Exus enquanto ele olhava meu irmão de cima a baixo. — E vá para o Esquadrão do Espírito antes que eu mostre como *eu* luto. E não será sem poder.

— Não preciso que você me defenda — murmurei, irritado por ele ter neutralizado a situação usando sua posição de Rei Fae do Espírito.

Parecia trapaça, e eu não trapaceava.

— Não estou te defendendo — Exos respondeu, olhando por cima do ombro para mim. — Estou protegendo nossos objetos, que são a razão deste exercício. Se vocês dois explodirem em um inferno, vai anular o propósito do teste.

Bem, ele tinha razão.

Inclinei a cabeça em reconhecimento sutil, em seguida olhei para Kalt. Por alguma razão, ele decidiu ser o melhor amigo do meu irmão mal-humorado. Eu jamais entenderia. Mas o peguei olhando Lance como se dissesse para ele se esfriar. Meu irmão simplesmente revirou os olhos e se virou em direção para o Esquadrão do Espírito com Mortus, Exos e Cyrus seguindo-o.

Vox sorriu para Ophelia, então a guiou para o Esquadrão do Ar, onde ele tinha aulas para dar hoje.

Sol acenou com a cabeça para River, Fae da Água e meu melhor amigo da Academia, e o levou até o Esquadrão da Terra para ajudar em algumas aulas.

E eu fui com Kalt em direção à área neutra do campus. Só que, depois de alguns passos, percebi que tínhamos esquecido uma peça importante.

Não, não apenas importante, mas a peça-chave para tudo isso.

Nossa rainha.

Virei-me para encontrar Claire olhando em cada direção, mordiscando o lábio.

— Venha conosco para a aula intramuros, linda — falei baixinho. — Podemos jogar Fae Ball.

Seus olhos azuis se iluminaram com a possibilidade.

— Não faço isso desde os nossos dias na Academia.

— Então vamos reviver a experiência. Depois, podemos treinar um pouco.

Ela ainda não estava grávida, o que significava que brincar era absolutamente permitido. E a forma como ela sorriu para mim me disse que era a abordagem certa.

Passei um braço ao redor dela enquanto minha outra mão embalava o ovo de Pássaro de Fogo.

O teste seria fácil como fatiar uma torta Fae.

E em breve Claire estaria com meu filho na barriga.

Eu mal podia esperar.

CLAIRE

A CAMA ESTAVA FRIA SEM MEUS COMPANHEIROS, E GRAÇAS a Fae essa série de testes estava chegando ao fim.

— Eles são muito esforçados — minha mãe murmurou, observando meus companheiros da janela da cozinha. Todos ficaram do lado de fora discutindo as tarefas que precisavam fazer lá.

Titus parecia descontente com alguma coisa. Sol não estava de tudo desperto. A expressão de Vox tinha um toque de arrogância, sendo o principal chef do nosso círculo de companheiros, ele tinha vantagem na tarefa em questão, e sabia. Enquanto isso, Exos e Cyrus tinham a mesma aparência de trinta horas atrás: bonitos, elegantes e prontos para vencer.

Estávamos esperando por Lance e Kalt, que haviam assumido o turno da noite da avaliação e ficaram cochilando durante a manhã, quando minha mãe, Mortus e River assumiram.

A total devoção a esses testes aqueceu meu coração. Se eu tinha alguma dúvida quanto a ter um bebê, ela não existe mais. Porque percebi o apoio que tive, não só dos meus companheiros, mas também da nossa família e dos nossos amigos.

— Estou pronta — eu disse a minha mãe. — Estou pronta de verdade.

— Eu sei que está — ela respondeu, sorrindo. — Você vai ser uma mãe incrível, e esses seus companheiros vão ser ótimos pais.

Eu sorri.

— Sim, eles vão mesmo. — Parei enquanto um redemoinho de chamas dançava ao longo do campo, indo diretamente para Titus. Meus Elementos se prepararam para lançar um escudo, mas meu companheiro de Fogo foi mais rápido, e disparou uma onda de poder na direção da fonte.

Lance.

— Ah, droga — murmurei, indo até a porta para impedir que os dois machos de cabeça quente lutassem no jardim. *De novo.*

Da última vez que isso aconteceu, eles destruíram duas das árvores de Sol e explodiram as janelas da casa. Vox ficou furioso com todo o vidro quebrado, e meu companheiro Fae da Terra ameaçou enterrar Lance vivo sob as raízes substitutas.

Cyrus suspirou alto quando eu saí, e formou uma parede de Água com a mão que protegia tanto a ele quanto a meus outros companheiros.

— Isso não o deterá — Titus murmurou, com uma bola de Fogo pronta na palma da mão.

— Qual é a porra do problema dele? — Exos exigiu

saber.

— Ele valoriza seu descanso de beleza — Titus respondeu.

Cyrus bufou.

— E nós, não?

Kalt criou uma porta e atravessou a Água sem que ela caísse sobre ele, enquanto Lance disparava pela onda gigantesca e ia direto para Exos.

Que acabou deixando cair o espelho.

O objeto se estilhaçou pelo chão; destruído, o que fez todo o grupo arquejar.

Exos olhou para os cacos por um momento, o choque era evidente em sua expressão, em seguida semicerrou o olhar para a causa do problema. No mesmo instante, Titus se interpôs entre o irmão mais novo e meu companheiro Fae do Espírito.

— Peça desculpas — ele exigiu, com o foco em Lance. — *Agora*.

— Um pedido de desculpas não vai consertar meu espelho — Exos murmurou, a fúria e a tristeza que ele sentia emanavam em nosso vínculo. Ele estava ciente de que aquilo o havia desqualificado.

Tudo porque o irmão de Titus tinha perdido a paciência com só Fae sabe o quê.

Merda.

— Eu... eu sinto muito — Lance disse, soando mais arrependido do que eu já o ouvi. Provavelmente porque tinha acabado de irritar o Rei Fae de Espírito; um macho conhecido por ser um excelente guerreiro por não tolerar disparates. — Eu só queria... bagunçar com o... Titus.

Meu companheiro de Fogo bufou.

— Sim, bem, bom trabalho.

— Sinto muito — Lance repetiu. — Eu não dormi muito e parecia uma boa maneira de queimar o mau-humor. Eu não tinha ideia de que seria... de que eu faria... de que isso aconteceria...

— Está tudo bem — Exos disse, com o tom surpreendentemente tranquilo. — O objetivo do exercício era proteger e cuidar dos nossos itens. O fracasso foi meu, não seu. E isso não vai nos impedir de concluir a tarefa. Vamos entrar. Temos refeições para preparar. — Seu olhar cor de safira encontrou o meu quando ele se virou e sua tristeza cintilou nas profundezas de seus olhos. Percebi através do nosso vínculo que não era tanto decepção por sua perda, mas tristeza por falhar comigo e seu objeto.

Você vai ser um pai incrível, sussurrei em sua mente. *E acabou de provar isso não perdendo a paciência com Lance.*

Ele não queria me derrubar, Exos respondeu. *Não faz sentido ficar bravo com ele. Isso só o faria sentir pior, e não resolveria o problema. O estrago já está feito.*

Eu sei, concordei, pressionando a palma da mão em sua bochecha e beijando-o na boca. *Mas essa reação é o que fará de você um bom pai. Isso mostra paciência, algo que seus testes não levaram em consideração.*

— Exos ainda ganha pontos pelo teste de cuidados — decidi, em voz alta, me certificando de que todos soubessem da minha posição.

— Sim, acidentes acontecem. É como reagimos que importa — Cyrus ecoou.

Todos os outros murmuraram em acordo, meus companheiros se apoiaram, apesar da atmosfera competitiva.

Olhei para minha mãe e vi seus olhos brilhando de orgulho. Nosso relacionamento tinha sido um pouco difícil no começo, mas nos aproximamos ao longo dos anos. Ela ofereceu a orientação materna que me faltou durante a maior parte da minha vida. Não que meus avós não tivessem sido ótimos quando eu era criança, mas eles me prepararam para o mundo humano, não para os Reinos Faes.

Minha mãe veio até mim enquanto meus companheiros entravam, e me segurou pelo ombro.

— Você está pronta, não há dúvida — ela sussurrou, concordando com a minha declaração de antes. — Todos vocês estão.

Eu sorri.

— Eles são ótimos de verdade, não são?

— São, sim — ela concordou, e foi atrás deles.

Kalt, Mortus e River seguiram em silêncio, mas Lance ainda estava do lado de fora, com as bochechas rosadas de desgosto.

— Sinto muito, Claire.

— Muita água a rolar por debaixo da ponte — respondi.

Ele franziu a testa.

— O quê...? Você está determinando a minha punição?

Pisquei para ele.

— Não. É um ditado.

— Eu não entendi.

— É uma maneira de dizer que eu te perdoo e que o assunto está esquecido.

— O que a Água e uma ponte têm a ver com o perdão? — ele perguntou, sério, seus olhos verdes da mesma cor dos de seu irmão mais velho.

— É uma frase humana — respondi. — E... eu não sei qual é a origem dela.

— Ah. — Ele franziu o cenho. — Vou ter que procurar saber na minha próxima visita.

— Não haverá uma próxima visita se você continuar fazendo idiotices tipo atacar seu irmão com Fogo, sem motivo algum — respondi.

— Eu estava brincando.

— Você estava *provocando* — corrigi. — Passei os últimos seis meses com você, Lance. Conheço suas histórias.

Ele torceu os lábios para o lado.

— Certo. Tudo bem. Eu estava entediado e queria treinar. Você e o Kalt treinaram o dia todo ontem, enquanto eu ajudava o Cyrus a reconstruir pedras — ele resmungou as palavras e revirou os olhos. — Meu lugar é no ringue, Claire.

— Tudo o que você *conhece* é o ringue e como lutar — corrigi. — O objetivo da sua condicional é aprender sobre outras oportunidades. Você é um Fae poderoso. Há muito mais nos reinos do que luta, Lance.

Ele me encarou por um longo momento.

— Quero fazer algo com humanos. Quero descobrir o que os torna tão... resilientes.

Dado a luta humana que ele participou em Nova York, a admissão não me surpreendeu.

— Então considere juntar-se à iniciativa do Conselho Fae Inter Reinos — sugeri. — Há muitas oportunidades lá de colaborar com os outros e buscar formas de esconder nossos mundos e incorporar a humanidade também. E quando a Academia estiver funcionando, talvez você possa dar aulas semelhantes às de Titus, mas para todos os Faes.

Seus olhos verdes brilharam.

— Você acha que eu poderia fazer algo assim?

— Acho — respondi, sorrindo com a animação dele. — Mas você tem que aprender e merecer. Assim como o Kalt está fazendo agora no estágio.

A felicidade dele diminuiu um pouco.

— Eu não quero ser político nem emissário.

— E não precisa; apenas usei como exemplo. Talvez você possa se juntar a nós na próxima reunião do

Conselho Fae Inter Reinos para se inteirar de outras oportunidades.

Ele considerou por um momento, então assentiu.

— Vai ser ótimo.

— Vai sim. — Eu sorri. — Agora vamos ver o que Titus planeja fazer. Acho que tem a ver com café da manhã. — Meu companheiro sabia fazer uma omelete maravilhosa.

— O lado doméstico do Titus é uma fonte infinita de diversão para mim — Lance admitiu.

— Para mim também. — Mas por razões muito diferentes.

Eu me virei e me deparei com os olhos de Cyrus em mim, suas íris cor de gelo cintilavam de calor. *Acho que você acabou de superar a todos nós neste teste de cuidado, pequena rainha,* ele sussurrou em minha mente.

Ele só precisa de alguém com quem conversar, respondi. *Estou feliz por ele poder contar comigo.*

É mais do que isso, Claire. Ele te admira. Não como companheira, mas como um modelo a seguir. E é disso que ele precisa desesperadamente.

Ele poderia se inspirar em Titus, apontei.

Ele é muito teimoso para isso, e seu companheiro de Fogo, também, ele respondeu enquanto Exos lhe entregava alguns ingredientes. Os dois pareciam estar cozinhando juntos e não individualmente.

Vox estava sozinho, fazendo algo com ovos.

Titus estava começando uma omelete, assim como eu imaginei, então eles dividiam um espaço, mas cada um fazendo o seu.

E Sol... parecia estar tirando uma soneca na mesa.

Eu o olhei com uma sobrancelha arqueada. *Sol?*

Humm? ele murmurou de volta para mim.

O que você está cozinhando? perguntei, divertida com seu murmúrio sonolento.

Skittle, ele disse, sem se mover um centímetro da mesa.

Skittle? repeti, entretida. *Então você encontrou o arco-íris no Reino Humano?*, perguntei, me referindo às balinhas coloridas.

Arco-íris? ele parecia exausto. *O que arco-íris tem a ver com o assunto?*

E eu não sei o que são Skittle.

Salgado...? Doce...? É de comer? Ele estava à deriva agora. Em vez de acordá-lo, me aproximei para passar os dedos por seu cabelo e me sentei ao lado dele no banco. Ele roncava enquanto os outros cozinhavam.

River simplesmente riu e balançou a cabeça.

— Bem, ele não vai ganhar.

— Todos eles ganham — murmurei, acariciando a bochecha do meu companheiro da Terra. — O bebê será de todos nós, independentemente de quem ganhar mais pontos.

Cyrus piscou para mim da cozinha, sua concordância aquecendo nosso vínculo. Exos entregou a ele um prato de legumes picados, que meu companheiro da Água começou a colocar em uma caçarola.

— Onde é que está meu ovo de Pássaro de Fogo? — Titus questionou de repente, fazendo Sol acordar ao meu lado. Os flocos crocantes que estavam sobre a mesa ficaram presos em sua testa . Ele semicerrou os olhos, em seguida limpou a sujeira da cabeça, criando uma confusão na mesa.

— Oh... — Vox ficou vermelho beterraba e arregalou os olhos. — Uh...

— Você não fez isso. — Titus olhou para o meu companheiro do Ar, a altura semelhante dos dois permitia que eles se olhassem direto nos olhos. Mas Titus tinha cerca de quinze quilos a mais de músculo que Vox. — Diga-me que você não *cozinhou meu ovo de Pássaro de Fogo*.

— Você o colocou no balcão? — Vox perguntou. Sua voz foi se elevando até o tom ficar agudo.

— Eu avisei que pus!

— Eu... eu não me lembrei... eu estava no meu ritmo... e...

— Você cozinhou a porra do meu ovo. — Titus jogou a espátula longe, rosnou e agarrou os cachos ruivos. — Puta merda, Vox!

— Sinto muito! — meu companheiro do Ar exclamou.

Cyrus e Exos balançaram a cabeça, rindo ao continuar o preparo dos próprios pratos.

Sol mastigava seus ingredientes ao meu lado, esquecendo completamente o objetivo da tarefa, enquanto observávamos a batalha na cozinha se desenrolar.

Os ovos de Vox pegaram Fogo, fazendo com que ele usasse a magia do Ar para tentar apagar o incêndio. Mas Titus estava furioso e completamente perdido em seu aborrecimento.

Não era exatamente uma reação que demonstrava cuidado, mas eu entendia sua frustração. Eles não dormiam há trinta horas, e ele estava a caminho de vencer as provas. Ainda que eu tivesse falado de coração sobre todos nós vencermos, eu sabia que Titus tinha uma veia competitiva devido ao tempo que passou no ringue do Campeão Sem Poder.

Ele finalmente se acalmou depois de alguns minutos, resignado com o próprio destino, e terminou sua omelete enquanto um Vox emburrado jogava os ovos queimados no lixo.

Sol deu uma risadinha, tendo quase concluído sabe-se lá o que ele deveria fazer. Ele me ofereceu algumas frutas, que eu peguei e coloquei na boca.

Então ele franziu a testa, e a lâmpada se apagou.

— Ah, inferno.

Eu ri e peguei mais de seus *berries*.

— Delicioso, Sol.

Ele resmungou e pegou seu pêssego para dar uma mordida antes de me entregar.

— Pode aproveitar.

— Você está sugerindo que comamos nossos futuros filhos?

Ele bufou.

— Está suculento e maduro. Dê uma mordida. Já perdi mesmo.

— Nenhum de nós está perdendo nada — lembrei a ele antes de provar. Meu companheiro estava certo sobre estar maduro. Era a perfeição, e me fez gemer em aprovação. Ele lambeu o néctar dos meus lábios, então me deu outro pedaço, o que fez sua decepção por falhar em nos testes desaparecer em um piscar de olhos. Sol nunca ficava chateado por muito tempo.

Ele lambeu mais néctar de pêssego dos meus lábios, então passou a língua em minha boca para um beijo longo e sensual. Por um momento, esqueci que tínhamos audiência até que River pigarreou.

— Embora sua mãe esteja ciente do propósito desses testes, não acho que ela queira testemunhar a consumação.

O calor cobriu minhas bochechas quando me afastei de Sol para encontrar minha mãe e Mortus observando atentamente Exos e Cyrus terminarem o guisado. O tom rosado nas bochechas da minha mãe me disse que ela com certeza viu meu beijo com Sol e talvez tenha ouvido o comentário de River.

Pigarreei e me esforcei para manter minhas mãos para mim.

Sua vagina ainda está quebrada, pequena rainha? Cyrus

perguntou enquanto colocava o guisado no forno. *Ou está pronta para mais orgasmos?*

Engoli em seco. *Eu... eu me sinto melhor; obrigada por perguntar.*

Seus olhos azul-prateados encontraram os meus. *Bom. Porque daqui a algumas horas, pretendo te inclinar sobre aquela mesa.*

O calor em minhas bochechas se espalhou pelos meus seios e meu corpo se aqueceu com a ideia de seu toque. *Você está supondo que ganhou.*

Eu sei que ganhei, ele respondeu, inclinando-se no balcão e segurando meu olhar. *E você também sabe.*

Ele estava certo.

Eu também sabia que ele tinha vencido.

Se eu fosse sincera, diria que ele ganhou antes de tudo começar. Ele sempre considerava todos os ângulos e resultados antes de se envolver em um desafio, e eu nunca o vi perder. Nem mesmo para Titus, quando duelaram. Na melhor das hipóteses, eles diriam que empataram.

É por isso que Exos não ficou bravo; ele já sabia que você ia ganhar.

Sim, Cyrus concordou. *Mas ele também sabia que Lance não fez de propósito. Ficar bravo com ele só pioraria o problema, não o resolveria.*

É basicamente o que o Exos disse, respondi.

O que para mim não é nenhuma surpresa, pequena rainha.

Para mim também não era. Cyrus e Exos eram muito parecidos. Não apenas porque eram irmãos, mas porque ambos eram reis. Exigia uma certa dose de paciência e compreensão para atuar como os condutores de seus Elementos.

Relaxei ao lado de Sol enquanto meus companheiros limpavam a cozinha.

Então os esperei apresentar os próprios pratos.

Vox não tinha um porque o jogou no lixo.

Titus me entregou uma omelete com todos os meus ingredientes favoritos, que compartilhei com os outros para o teste de sabor. Eles concordaram que estava bem-feita.

Então Exos e Cyrus apresentaram seu guisado de folhas. O que me fez lembrar de uma torta de batata sem carne.

Ninguém comentou o fato de eles terem trabalhado juntos, principalmente porque era uma demonstração do nosso futuro. Tínhamos que trabalhar em equipe. Era a melhor maneira de criar nosso futuro filho.

Não. Não filho. *Filhos.*

Porque vendo todos agora, percebi que queria mais de um. Eu precisava ter filhos com todos. Um para cada Elemento. Senti a verdade disso lá no fundo: o desejo de criar o máximo de vida que pudéssemos.

Talvez não imediatamente, mas com o tempo.

E eu começaria com Cyrus.

Todos concordaram que ele tinha vencido. Ele não se gabou demais, simplesmente aceitou a responsabilidade com orgulho. Então me lançou um olhar cheio de significado, e os outros saíram da sala.

Não meus companheiros, mas os avaliadores.

Eu mal os senti partir, meu foco estava no meu companheiro da Água e nas intenções aquecendo o ar entre nós.

— É Halloween, Claire — ele disse, vindo na minha direção. — Como você quer comemorar?

— Com gostosuras ou travessuras? — sugeri.

Seus lábios se curvaram.

— Que tal pularmos a parte das travessuras e irmos direto para a gostosura? — Ele segurou meus quadris e me colocou em cima do balcão da cozinha. — Nós vamos nos entregar à sua gostosura primeiro. Depois você pode se deliciar com a nossa.

— Nossa? — repeti, ofegante. — Nossa?

— Você não achou que eu os deixaria de fora da nossa noite de concepção, achou? — ele perguntou, passando as mãos pelas minhas coxas e por baixo da minha saia, empurrando-a para os meus quadris. — Somos um círculo de companheiros, pequena rainha. Posso estar plantando minha semente esta noite, mas você pode apostar que todos nós estaremos dentro de você de alguma forma.

Meu coração acelerou.

— Nenhum de vocês dormiu.

— Não precisamos dormir para te comer do jeito certo — ele respondeu, e seus lábios cobriram os meus. — Agora, deite-se. É a nossa vez de comer.

CYRUS

O CORPO DE CLAIRE BRILHAVA SEXO, SEU OLHAR sonolento capturou o meu enquanto ela descansava como uma espécie de oferta erótica na cama entre todos os seus companheiros.

Eu a provei primeiro, dando-lhe um orgasmo rápido com a língua antes de recuar e permitir que os outros a preparassem. Seus comentários sobre estar quebrada foram apagados por horas provando o contrário.

Agora ela me chamava com um sorriso meigo, ciente do que eu pretendia fazer a seguir.

Exos chupou seu mamilo, e Vox lambeu o outro.

Titus movia a língua entre as pernas dela enquanto Sol penteava seus cabelos com os dedos, seus lábios reverentes enquanto ele beijava sua têmpora, sua testa e então seus lábios.

Mas quando ele se afastou, encontrei o olhar de Claire de novo, e as esferas aquecidas ofereciam um convite.

Ela estava pronta.

E eu também.

Você está com roupa demais, ela murmurou em minha mente.

Estou? Comecei a desatar a gravata. *Talvez você devesse me ajudar a tirá-las, pequena rainha.*

Titus escolheu aquele momento para passar os dentes sobre seu clitóris, fazendo-a estremecer, e chamas foram disparadas da ponta de seus dedos. Eu as peguei em uma luva de Água, extinguindo a queimadura, e criei uma névoa ao nosso redor que deu o tom para nossa união.

Tínhamos levado Claire da cozinha para o nosso quarto horas atrás, o colchão feito para nossas reuniões semanais tomava todo o chão.

As janelas estavam cobertas com cortinas. Videiras e flores decoravam a parede. E o teto estava encantado pela magia do Espírito, as luzes piscando lá me lembravam estrelas.

Claire se contorceu sob tudo isso. Seus gemidos eram música para meus ouvidos. Joguei a gravata na pilha de roupas no canto e tirei os sapatos e as meias. Minha companheira assistiu com lânguida expectativa; suas pupilas estavam dilatadas de desejo.

Ela murmurou algo através de seus laços com os outros machos, fazendo-os recuar apenas o suficiente para ela se ajoelhar diante de mim. Meus lábios se curvaram com a devassidão que emoldurava suas lindas feições.

Eu sabia qual era a intenção dela.

E eu não a deteria por nada.

Ela segurou meu cinto e o desabotoou, deixando-o cair ao seu lado. Em seguida, agarrou minha camisa social e a puxou para fora da calça, expondo meu baixo ventre. Seus lábios encontraram minha pele, me deixando em chamas só com aquele toque.

Meu pau pulsou em resposta, pronto para agir.

Mas eu a deixei ir sem pressa, me explorando com a língua enquanto ela desabotoava minha calça e puxava o zíper para baixo bem devagar.

Um empurrão sutil fez a peça descer por minhas pernas, seguida pela boxer e ela liberou meu pau e o levou à boca.

Ela não pediu permissão nem comentou nada, apenas colocou o pau pulsante na boca e o engoliu até onde sua garganta permitia.

— Puta merda, Claire — gemi, puxando seu cabelo.

— Faça isso de novo e não terei mais nada para dar a você.

Seus olhos azuis brilharam ao encontrar os meus, ela sugou o ar e senti suas bochechas ao redor do meu pau em uma carícia deliciosa que quase me fez cair de joelhos.

Esta mulher chupava um pau como ninguém.

E eu morreria feliz nessa posição.

Foi tão intenso, tão bonito, tão perfeito que quase chorei. Eu a elogiei em meus pensamentos e passei os dedos por seus cabelos, agradecendo-lhe pelo presente de sua boca sedutora.

Ela me engoliu de novo, a língua magistral na minha pele, em seguida ela me soltou com um som estalado. Quase rosnei um protesto, mas seus dedos engancharam em minha camisa e me puxaram para o colchão. Ri quando aterrissei sobre ela, o que eu suspeitava ser exatamente o que ela desejava.

Em vez de remover minha camisa, ela ateou fogo na peça e a deixou queimar longe da minha pele. Eu poderia tê-la impedido, mas não quis. A propensão da minha companheira para destruir roupas me intrigava. Aquela estava se provando uma mania bem cara. A maioria dos meus ternos eram do Reino Humano, todos feitos à mão e sob medida na Itália. Igual aos de Exos.

Não que Claire se importasse com a semântica do nosso guarda-roupa.

Nossa pequena rainha só nos queria nus e dentro dela, e foi exatamente o que eu lhe dei ao abrir suas coxas debaixo de mim e deslizar para dentro dela sem nem querer saber de preliminares.

Seu corpo já estava preparado e pronto, graças a seus outros companheiros. Ela não precisava das minhas mãos nem da minha língua. O que ela exigia era o meu pau, e foi precisamente o que lhe dei quando ela envolveu as pernas em torno da minha cintura para me incitar a começar.

Eu a beijei com força, segurando seu pescoço para colocá-la no ângulo em que eu queria. Minha outra mão foi para seu seio, apertando-o para tolher sua tentativa de assumir o controle.

Ela sorriu em minha boca. *Você não está bravo.*

Impossível, concordei. *Eu amo o jeito que você brinca comigo, pequena rainha. Faz tudo ser muito mais agradável.*

Estoquei nela, sorrindo para seu gemido de resposta.

Quantos orgasmos você teve esta noite? perguntei a ela. *Sete?*

Sim, ela murmurou, arqueando-se para mim.

Vamos para oito ou nove? perguntei, afastando os lábios dos dela para descer por sua garganta até seus seios corados. Puta merda, ela era um espetáculo para ser visto, toda luxúria perversa e intenção lasciva.

Os homens ao meu redor concordaram, o pau de cada um agitado ao pensamento de voltar a tomá-la.

A fêmea nos transformava em bestas insaciáveis, com ela como nossa rainha no meio dessa loucura sombria.

Mas eu tinha um papel a desempenhar essa noite, e

Claire precisaria desempenhar um também para que fosse possível.

Eu a beijei mais uma vez, silenciando qualquer resposta que despertasse em seus pensamentos, mente e corpo opondo-se à ideia de nove orgasmos em uma noite. Ridículo, porque todos nós sabíamos que ela poderia lidar com muito mais.

Faes, não importava a origem ou reino, eram seres de vida e criação. Nós ansiávamos por sexo.

Mesmo que ela fosse meio humana, seu lado Fae se destacava onde importava, tornando-a praticamente imortal e capaz de infinitas horas, ou dias, de prazer.

Eu a lembrei disso com minha boca e pênis, penetrando-a, possuindo-a, levando-a à beira do êxtase ao atingir aquele ponto bem no fundo.

Ela se elevou para mim.

Gritou.

Suas bochechas ficaram vermelhas com a força do prazer invadindo seu ser.

Acariciei seu pescoço, diminuindo meu ritmo, preparando-a para o que viria a seguir.

Uma nova espécie de vínculo.

O coração da magia Fae.

Ela gemeu com o corpo super sensibilizado com os tremores secundários de seu êxtase. A mente já estava protestando de novo, mas eu a calei com um beijo gentil, os movimentos abaixo medidos e deliberados.

— Você está pronta para fazer um bebê, pequena rainha? — murmurei em sua boca.

O calor floresceu ao nosso redor, sendo emanado dos outros, as mãos deles estendendo-se para acariciá-la à própria maneira. Sol acariciou seu cabelo. Exos tocou a lateral de seu seio, afagando para baixo. Titus beijou seu quadril, a palma de sua mão indo do seu traseiro até a coxa. E Vox arrastou o dedo pelo braço dela.

Eles estavam todos aqui, prontos e focados no coração do nosso círculo de companheiros.

Os espessos cílios loiros de Claire se abriram, seu olhar brilhava de aprovação.

— Sim. Estou pronta.

Eu a beijei com ternura, meu coração acelerando com a perfeição desse momento. Em uma vida anterior, eu nunca teria imaginado que isso seria possível. Agora, eu não poderia imaginar de outra maneira.

Claire era o amor da minha vida, a única que eu desejaria. Mas eu também apreciava seus outros companheiros, amando-os a todos de uma maneira própria. Era como se os nossos Elementos prosperassem como uma colmeia, pois Claire era nosso cerne e conduíte.

Ela era nossa versão da fonte elemental.

Nossa deusa.

Nossa rainha.

E finalmente chegou a hora de criar uma nova vida dentro dela.

Saí completamente de dentro dela, antes de a penetrar profundamente e despertar seu prazer mais uma vez. Ela gemeu, curvando as costas, me encorajando a repetir o ato.

Foi o que fiz.

Mas, dessa vez, alcancei nosso Elemento compartilhado também.

Ela arregalou os olhos, sentindo o poder ondular sobre nós enquanto eu invocava minha magia da Água para nos unir como um. *Para criar.*

Ela estremeceu, sua conexão com o Elemento se abriu em resposta conforme ela combinava minha onda rodopiante com uma sua, banhando-se em nosso poder compartilhado, transformando-o em um.

Os outros podiam sentir, a pele deles ficou úmida em resultado.

Mas a verdadeira fonte do Elemento cobriu Claire e eu, nos envolvendo em um mar de felicidade familiar.

Eu a beijei, me deleitando na sensação de nosso Elemento correndo por nosso ser, envolvendo nossa alma e nos aquecendo com o dom da vida.

Só é preciso um pensamento, eu sussurrei para ela. *Aceite a minha oferta, Claire.*

Ela não perguntou o que eu quis dizer, porque sentiu o calor do meu poder roçando sua alma. Ela se abriu embaixo dele, ofegando quando o Elemento perfurou seu coração, enviando a eletricidade vibrante por suas veias e pelas minhas.

A energia se concentrou na minha virilha, me iluminando por dentro e provocando um ciclone de sensações no meu baixo ventre. Rosnei com o ataque, o prazer diferente de tudo que já experimentei, mesmo durante o nosso primeiro acasalamento.

Faes são feitos para criar, pensei para ela. *Puta merda, Claire. Eu não posso segurar muito mais tempo.*

Foi muito intenso.

Avassalador demais.

Muito *certo*.

Ela me apertou com as coxas, me acolhendo em seu corpo com pequenos movimentos próprios, a sensação foi se espalhando dentro dela também. Eu podia sentir, através do nosso vínculo, sua aceitação e excitação. Sua preparação. Sua necessidade.

Seus membros começaram a tremer, ruídos sensuais escaparam de seus lábios conforme ela pegava o ritmo de nossa união, me forçando a alcançar o êxtase. A Água explodiu em torno de nós, meu controle sobre o Elemento falhou quando liberei minha semente dentro dela em um rugido de emoção e gratificação arguta.

Claire me seguiu com o próprio grito, cravando as unhas nas minhas costas ao enfrentar cada onda arrebatadora de insanidade.

Eu não conseguia respirar.

Estávamos nos afogando em meu Elemento, perdidos nas profundezas do oceano e lutando para voltar à superfície. Eu a segurei enquanto ela se agarrava a mim, nossos pulmões estavam falhando.

Até que emergimos em um fôlego coletivo, nossos lábios colidiram um com o outro enquanto acasalávamos nossa língua em uma dança sombria de destino e expectativa.

Puta merda, eu amava essa mulher.

Ela pegou tudo o que eu tinha para dar e devolveu dez vezes mais, seu corpo era um pilar de adoração para o qual eu sempre me ajoelharia.

E, por dentro, a vida fincou raízes.

Eu podia sentir, no meu próprio ser, a fonte se regozijando em nosso acasalamento e nos banhando em beijos gelados que arrepiavam minha pele já úmida. Claire deu uma risadinha. Seu sorriso era a mais bela visão.

Em vez de falar, ela me beijou novamente. Depois, agarrou Sol e o arrastou para um beijo. Seguido por Titus, Vox e então Exos.

Eu ainda estava unido a ela lá embaixo e pude sentir suas paredes vibrando com vigor renovado. Sua felicidade era como uma droga que todos queríamos consumir.

Flexionei os quadris, dando o que ela desejava.

Nós já tínhamos criado a vida, mas eu não me importava de transar com ela de novo. Assim como eu sabia que seus companheiros não se importariam de participar.

Agora era comemorar. Adorar. Apreciar. Existir.

Nossa Claire tinha acabado de nos dar o maior presente da nossa vida. E pretendíamos mostrar nossa gratidão pelo tempo que ela quisesse.

Obrigado, pequena rainha, sussurrei, beijando sua mandíbula enquanto Sol tomava sua boca novamente. *Eu te amo*, acrescentei, acariciando sua barriga. *Amo vocês dois.*

PARTE II

É GRAVIDEZ QUE ALEGRIA
TRA-LA-LA-LA-LA
LA-LA
LÁ
LÁ

CLAIRE

— CLAIRE! — TITUS GRITOU, ME FAZENDO FRANZIR O cenho ao puxar o cobertor sobre a cabeça. Ele me sacudiu, ainda que com gentileza, ao insistir em me acordar do melhor sono da minha vida. Quando não reagi, ele puxou os lençóis, me fazendo me contorcer quando o ar frio correu pela minha pele.

— Estou muito cansada — murmurei ao tentar afastá-lo com um aceno de mão. — Vá embora.

— Graças à fonte, você finalmente acordou — ele disse, expirando. Abri um olho e o encarei, em seguida notei que ele estava agachado sobre os calcanhares conforme me observava. — Como... como você está se sentindo?

Um cobertor de fadiga caiu sobre mim em resposta à sua pergunta, recusando-se a levantar seu peso, mas a preocupação nos olhos de Titus me fez sentar.

— Que horas são? — perguntei, confusa. A luz do sol atravessava o cômodo com raios agradáveis que baniam o estranho frio no quarto, mas parecia que não havia passado tempo algum desde que deitei a cabeça.

Ele esfregou a nuca.

— Ah, é meio-dia. — Ele continuou a me encarar, passando os olhos sobre mim como se estivesse procurando por uma fonte de lesão.

— O que foi? — perguntei. — Por que você está me olhando assim?

— Porque você dormiu muito mais do que eu esperava.

Levantei uma sobrancelha para ele. Não era como se eu nunca tivesse dormido demais.

— E isso te preocupa... por quê?

Ele suspirou e segurou minha mão, me aquecendo com sua magia. Estremeci com o calor implacável, franzindo a testa.

— Porque você está grávida, Claire. É minha obrigação me preocupar.

Sim, eu estava grávida, e apenas afirmar aquilo na minha mente fez meu coração palpitar de alegria. Não havia como negar a onda de vida que senti através do meu vínculo com Cyrus e todos os meus companheiros.

— O Faeling está indo bem? — ele perguntou depois de um momento, como se fosse algo que eu já deveria ter confirmado.

— O quê?

— O Faeling — ele repetiu, referindo-se ao bebê. Suas palavras saíram daquele jeito lento e calmo de quando eu sabia que ele estava começando a se preocupar. — Consegue senti-lo?

Fiz uma careta.

— Eu deveria? — Ele não podia sentir a vida prosperando através do vínculo? Parecia bem real para mim. Mas talvez eu estivesse confundindo com outra coisa?

Ele se acalmou por um momento, como se tentasse não esboçar reação.

— O Exos achou que não deveríamos incomodá-la, mas agora que você passou do período de incubação, deve ser capaz de sentir algo.

Eu não tinha certeza do que Titus queria dizer, mas a insinuação desenrolou um fio de dúvida de que essa gravidez vingaria. Eu sabia que Cyrus tinha me preenchido de vida, mas este era um acasalamento Fae.

E eu era apenas meio-Fae.

Era um medo secreto e obscuro que eu não havia considerado até que me atingiu com uma clareza horrenda. Por ser uma Halfling, eu não me encaixava em nenhum dos dois mundos. Foram meus companheiros que fizeram um lugar para mim. Para todos os outros, eu era apenas um ser estranho...

Uma abominação.

E se isso significasse que eu não poderia procriar? E se eu estivesse tão perdida no amor que meus companheiros sentiam por mim que acabei deixando essa verdade horrível passar despercebida bem diante dos meus olhos?

— Talvez não devêssemos ter muitas esperanças, Titus — eu disse, precavendo-o com um leve tremor na minha voz. Eu não queria que meus companheiros ficassem decepcionados se minha metade humana assumisse o comando. Mesmo que essa gravidez não vingasse, não significava que eu pararia de tentar. Quando ele continuou a franzir a testa para mim, acrescentei: — Não sabemos se a gravidez é, uh, viável.

— Viável? — ele repetiu, levando a mão até o meu ombro. — Você não se lembra de Cyrus e você concebendo? Ou está duvidando dele? — A última pergunta estava cheia de mágoa, mas ele não entendeu minha preocupação. Eu não duvidava dos meus companheiros da mesma forma que duvidava de mim mesma.

Afastei seu toque quando outra onda de fadiga me atingiu. Cobri a boca e bocejei.

— Faz pouco mais de uma semana desde que nós, hum, desde que tentamos, quero dizer.

Esfreguei os olhos, parte de mim queria jogar as cobertas sobre a cabeça, voltar a dormir e me esconder de todas as minhas dúvidas e medos.

— Levará pelo menos um mês antes de sabermos com certeza. E mesmo assim devemos esperar um pouco antes de começarmos a fazer planos. Na verdade, não conheço as estatísticas, mas humanos costumam ter abortos espontâneos. — Era um bônus que os machos Faes tivessem o controle sobre a concepção, mas eu não era exatamente um caso clinicamente estudado.

Titus arqueou a sobrancelha.

— Aborto espontâneo? — Ele balançou a cabeça. — Nós saberemos em muito menos de um mês, Claire. E acho que você subestima sua genética e a potência dos Fae machos. — Ele sorriu. — Especialmente um macho como seu Rei da Água, que é ainda mais arrogante do que eu. Ele tem uma reputação a zelar, sabe.

Suspirei. A virilidade de Cyrus não era o que eu questionava.

— Você não está me entendendo. — Eu realmente não

sabia como explicar a possibilidade sem fazer a fissura no meu coração se abrir.

E se eu falhar com meus companheiros?

E se eu tiver algum defeito?

— Ei. — Titus se inclinou para que eu pudesse ver seus olhos verdes brilhando com calor. — Estou te entendendo, linda, e dizendo que você não tem nada com que se preocupar. Sabe por quê? — Ele passou os dedos pelo meu queixo, me fazendo afundar em seu toque.

— Por quê? — perguntei, com a voz esperançosa, embora meu estômago se revirasse de preocupação.

— Porque você é a própria vida, Claire. — Seu sorriso se transformou em algo mais travesso. — E não há como você adormecer durante o sexo a menos que tenha uma boa desculpa, então, se você não estiver grávida, temo que não possa perdoá-la por isso.

Fiz uma careta.

— O quê? — Já desmaiei durante o sexo, porque há um limite de orgasmos que o cérebro consegue aguentar antes desligar. Mas adormecer? Não era possível. — De jeito nenhum... — eu parei.

Ele riu.

— Me diga a última coisa de que você se lembra.

— Nós estávamos brincando com Fogo — falei, me lembrando de como ele estava me fazendo agonizar com chamas lentas que subiam pela parte interna das minhas coxas. — Então... — Minhas palavras foram sumindo enquanto eu tentava me lembrar do que aconteceu depois. O calor e a excitação estavam lá, mas minhas memórias meio que... acabaram.

— Você adormeceu — ele terminou por mim.

Fiz uma careta, então ofeguei quando percebi que ele estava certo.

— Ah, Titus — eu disse, cobrindo a boca. — Sinto muito!

Ele riu.

— É um bom sinal, linda. O primeiro mês de gravidez Fae vem acompanhado de uma fadiga extrema porque o bebê tem muito o que crescer em um curto espaço de tempo. Você vai dormir muito, especialmente durante o período de incubação. Mas você me deixou preocupado com a quantidade de sono de que precisou.

Ele me envolveu em um abraço, me aconchegando como se eu fosse de porcelana. Titus também parecia pensar que dizer coisas como "período de incubação" fosse completamente normal.

— Estou feliz que você esteja confortável o suficiente para confiar em mim com sua proteção. Os instintos Faes tendem a manter a mãe acordada até que ela se sinta segura. — Ele me deu outro abraço gentil antes de me soltar. — Agora que você passou da primeira fase, vou encontrar a Curandeira. Vamos precisar que você seja examinada para a fase dois.

A autoridade em sua voz disse que "não" não seria uma resposta aceitável.

Pisquei algumas vezes, sem saber o que ele queria dizer com "fase um" e "fase dois", ou por que ele continuava dizendo que eu estava incubando como se fosse uma droga de galinha.

Levei a mão à barriga enquanto Titus rolava para fora da cama e pegava suas roupas.

— Não deveríamos fazer um teste de gravidez ou algo assim antes? —perguntei. Isso pelo menos confirmaria a gravidez, certo?

Ele riu.

— Um teste? O que você quer dizer?

Mordi o lábio antes de responder.

— Hum… tipo, fazer xixi em um palito?

Ele tropeçou ao passar a perna da calça sobre o pé.

— Oi?

Exasperada, deixei minhas mãos caírem sobre os lençóis.

— Como Faes confirmam uma gravidez? No meu mundo, a gente faz xixi em um palito de plástico, que mostra se deu positivo ou negativo.

Ele soltou uma risada.

— Os humanos têm uma magia bem estranha. Não, você não precisa fazer xixi no palito, Claire. Seus Elementos podem dizer se você está grávida. Use a fonte do Espírito. — Quando eu o olhei, ele continuou: — Já tentou?

Engoli o nó na minha garganta. Alcançar dentro de mim mesma para tocar as fontes elementais era uma segunda natureza, mas quando tentei tocar a fonte do Espírito, nada aconteceu.

— Eu não sinto nada — falei, começando a me preocupar. — Isso significa que o bebê...?

Titus ficou imóvel, e um breve momento de seriedade cobriu suas feições. Passou, e foi substituído por seu sorriso sexy de sempre quando ele terminou de se vestir.

— Tenho certeza de que está tudo bem. Você é uma Halfling, então a gravidez pode estar afetando a conexão com a fonte. Esta será uma experiência nova para todos nós, então vamos dar um passo de cada vez, sim?

Tentei não entrar em pânico.

Ou significa que algo está errado.

E se eu tiver mesmo abortado?

— Os Halflings geralmente têm *Faelings*? — perguntei, começando a entrar em pânico. — É normal para nós... que...? Você conhece algum que tenha? E se... e se...? — Engoli o nó na minha garganta e coloquei a mão na barriga, quando uma sensação de proteção tomou conta de mim.

Me agarrei desesperadamente à tese de Titus de que meu filho poderia afetar minha conexão com a fonte. Qualquer coisa mais sinistra do que isso me faria vomitar.

— Apenas respire, linda — Titus disse. Sua voz era uma presença calmante em minha mente, me puxando de volta para ele e para fora das sombras das minhas preocupações. — Vamos nos encontrar com a Curandeira, certo? Ela te dirá o que esperar.

Sim. Certo. Ele tinha razão.

— Uma Curandeira — repeti. — Isso parece… parece uma boa ideia.

Ele me deu um beijo na bochecha, me tranquilizando com um toque de calor mágico.

— Vai ficar tudo bem — ele repetiu, talvez dizendo mais para ele mesmo do que para mim. Em seguida deu um leve aperto no meu braço antes de se aventurar pela porta. — Estarei de volta em alguns minutos, Claire. Apenas relaxe.

Relaxe, repeti para mim mesma. *Sim, claro.*

Mas tentei, de qualquer maneira, soltando um longo suspiro.

Onde vocês estão?, perguntei através dos vínculos.

Todos os caras responderam rapidamente. Cyrus estava reunindo Faes dispostos a se encontrar comigo para falar da Academia Fae Inter Reinos. Exos, Sol e Vox estavam todos no Reino Humano, procurando decorações para as festas de fim de ano. Algo sobre querer decorar meu escritório; uma ideia que me fez sorrir. Isso explicava algumas das bolsas aleatórias no quarto, todas cheias das cores do outono e outras com vermelho e verde.

Está indo tudo bem? perguntei a Cyrus.

Eu que deveria estar te perguntando isso, pequena rainha, ele respondeu. Sua voz parecia um beijo em meus pensamentos. *E sim, está tudo bem. O Kalt está me ajudando também. Acho que ele está evitando aquele problema de tríade com os Faes do Inverno.*

Eu quero muito saber mais sobre isso, admiti.

Eu também. Vou ver o que descubro e dou um retorno. Ele parecia divertido. *Estarei aí em breve, pequena rainha. E não se preocupe; você definitivamente está grávida.*

Fiz careta.

Você está xeretando a minha cabeça?

Não, a sua preocupação está irradiando através do vínculo. Sua genética Fae supera sua metade humana. Confie em mim, ele murmurou. *Nós todos estamos voltando para sua consulta com a Curandeira, pequena rainha.*

Ele me deixou com um beijo nebuloso em minha mente, e voltou a se concentrar nas próprias tarefas

Obrigada, sussurrei de volta para ele. Não seria fácil convencer os outros Faes a criar a Academia Fae Inter Reinos, e era por isso que eu queria me encontrar com todos eles individualmente, para garantir que suas necessidades fossem atendidas. E não havia ninguém melhor para convencê-los do que meu companheiro Rei Fae da Água. Ele não aceitaria "não" como resposta.

Suspirando, pulei da cama e corri para o chuveiro. Eu me sentia meio suja por algum motivo. Talvez porque dormi por muito tempo? No entanto, eu poderia facilmente dormir mais agora.

Para banir a fadiga persistente, deixei o chuveiro no frio, o que pareceu funcionar.

Depois que terminei, me estudei no espelho enquanto a Água pingava dos meus longos cabelos loiros. Meus seios pareciam os mesmos de sempre, alegres e prontos para receber a atenção dos meus companheiros. Mas, ao passar as mãos sobre eles, notei os mamilos um pouco doloridos.

Meus dedos correram para baixo, circulando o umbigo no meu abdômen plano.

Tentei acessar a fonte do Espírito novamente, apenas para encontrar uma sensação de nada. Não era como se o espaço dentro de mim estivesse vazio... ao contrário, parecia bloqueado.

Hum. Eu não tinha certeza de como reagir.

Passei os dedos pelo cabelo molhado e alcancei a fonte do Fogo por hábito para secar os fios pingando.

E nada aconteceu.

Senti um nó no estômago quando parei, então tentei novamente.

Ping. Ping. Ping.

A Água caía no chão, zombando da minha tentativa de acessar a fonte do Fogo, que funcionava muito bem como um secador mágico.

Franzi a testa e decidi não entrar em pânico. Talvez Titus estivesse certo. Eu era uma Halfling, e a gravidez poderia causar efeitos estranhos em meus poderes. Se eu não pudesse acessar a fonte do Espírito, fazia sentido que eu não pudesse acessar as outras também. Embora, eu não gostasse da sensação de desamparo que veio por me sentir tão... *humana.*

— Bem, se você vai ser humana, então você também pode cumprir o papel — disse para mim mesma, me apoiando no balcão para ter certeza de que meu reflexo ouviu minha determinação.

Eu não tinha um secador de cabelo humano, então peguei uma toalha e esfreguei até meu cabelo passar de encharcado a úmido. Arrumei os fios em uma trança complexa, envolvendo-a ao redor da minha cabeça como uma coroa. O estilo era popular entre os Faes da Água, que preferiam deixar o cabelo molhado. Eu tinha aprendido com uma das alunas: Artica.

Feito isso, vesti uma blusa folgada e combinei com uma saia azul da mesma cor dos meus olhos. Não me permiti demorar nem deixei meus pensamentos vagarem. Levei as mãos aos quadris e examinei meu quarto cheio de decorações.

Sim, uma distração me serviria muito bem.

CLAIRE

Separei as decorações e as organizei em pilhas com base no tema.

Halloween, mesmo que já tivesse passado. No entanto, Exos gostava dos esqueletos.

Solstício de Outono, para representar os Faes.

Por fim, as decorações de Natal e Solstício de Inverno compunham a terceira pilha. O Natal estava chegando. Além disso, de todos os feriados, esse era o meu favorito. Por isso eu gostava de começar a espalhar um enfeite aqui, uma guirlanda ali sempre que possível.

Comecei a enrolar os pisca-piscas de abóbora em torno de um dos pilares da sala de estar, depois parti para o outro com uma das estrelas de Natal prateadas. Arrematei o terceiro e o quarto com luzes Fae padrão, embora fossem mais para orbes sem graça, já que eu não conseguia acessar minha magia para ativá-las.

Um problema com que lidar, hum, mais tarde.

Eu estava quase terminando com a cozinha quando Titus, Cyrus e uma Fae desconhecida entraram. Todos eles pararam no meio do caminho e me olharam boquiabertos. Eu tinha acabado de subir na bancada para dar o toque final no cômodo. Eu puxava uma enorme fita vermelha, e estava determinada a fixá-la no arco que corria ao longo do teto acima do fogão.

— Claire! — Cyrus gritou, em tom de pânico. — Desça imediatamente!

Ignorando-o, tirei o sapato e enganchei os dedos em uma das prateleiras não utilizadas, ganhando um pouco mais de altura.

— Estou quase lá — insisti em voz alta. — Sobrevivi ao fim do mundo. Posso sobreviver amarrando um laço no arco.

— Vox! — ele gritou, se virando para o Fae do Ar, que tinha acabado de entrar com Sol logo atrás. — Me ajude a tirá-la de lá.

Titus esfregou as têmporas.

— Alguém vai falar com ela antes de puxá-la para baixo com a magia defeituosa do Vox?

— Minha magia está boa — Vox respondeu, olhando para o Fae do Fogo. Seu Elemento só saía do controle quando ele ficava estressado ou emotivo, um efeito colateral que ele nunca superou desde que se acasalou comigo. E dado o pânico que atingia nosso vínculo, não havia dúvida de que ele estava um pouco nervoso agora.

Exos entrou por último. Seu sorriso era um forte contraste com os olhares de pânico dos meus outros companheiros.

— Bem, parece que eu estava certo — ele disse, parecendo achar graça. — A Claire entrou oficialmente na fase dois, e está claro que a criança é uma encrenqueira. — Ele deu um tapa nas costas de Cyrus. — Muito bem, irmão.

Vox teceu um fio cuidadoso de magia do vento, girando a pressão ao redor do meu corpo para me dar impulso. O aumento extra de altura me permitiu passar a borla da fita pelo sarrafo, e eu a prendi antes que Vox me guiasse para o chão.

— Pronto! — eu disse, batendo a poeira das mãos conforme examinava o toque final nas minhas decorações. A enorme fita vermelha uniu tudo. — Perfeito.

Me virei, e o meu sorriso derreteu quando vi que meus companheiros não compartilhavam do meu entusiasmo festivo, exceto talvez Exos, que ainda parecia satisfeito consigo mesmo.

A Fae desconhecida, que presumi ser a Curandeira, pigarreou.

— Bem, devo dizer, acho que seus companheiros estão certos. Você está exibindo todos os traços típicos da fase dois.

Pisquei, então olhei para meus companheiros ainda descontentes.

— Sim, então, alguém pode me explicar o que todas essas fases significam? De onde venho, há três trimestres, e eu não estou no segundo. Estou apenas, tipo, com pouco mais de uma semana de gravidez. Dificilmente é tempo suficiente para que algo aconteça. — Sem mencionar que ainda havia certas preocupações a serem abordadas.

Cyrus pegou uma das minhas mãos e deu um beijo em meus dedos. O gesto me fez amolecer um pouco.

— Pequena Rainha, as coisas vão avançar rápido agora. Assim que a Curandeira te examinar, deveremos começar a fazer os preparativos. — Ele olhou ao redor da sala. — Embora eu tenha certeza de que o Faeling vai apreciar uma atmosfera festiva, devemos nos concentrar no berçário. Não temos berço, roupas nem qualquer um dos itens de que precisamos para um recém-nascido.

Exos cruzou os braços.

— É importante manter a Claire feliz. Além disso, a mobília Fae é ótima.

Levei as mãos aos quadris, pegando um fio solto de festão dourado. Enrolei-o em volta do meu pescoço como se fosse um colar.

— Temos nove meses para nos preocupar com isso, então se acalmem e me deixem comemorar as festas de fim de ano?

Todos os meus rapazes assumiram expressões de choque variadas. Sol ficou pálido. A boca de Vox se abriu. Exos e Cyrus trocaram um olhar significativo, e Titus cerrou a mandíbula.

Meu companheiro de Fogo empurrou a Curandeira para frente.

— É melhor você fazer com que ela se sente — ele disse, com a voz tensa. — Acho que há uma diferença Humano-Fae que todos esquecemos de considerar.

Eu ergui uma sobrancelha.

— Como o quê?

A Curandeira soltou uma risada nervosa enquanto pegava minha mão e me guiava para a sala de estar. Ela fez uma pausa, olhando para a variedade enfeites de Natal, antes de conseguir abrir um espaço para nós duas nos sentarmos.

Ela esperou até eu estar acomodada e só começou a falar depois que todos os meus companheiros chegaram à sala.

— Parece que há um detalhe-chave que seus companheiros podem ter deixado de mencionar — ela disse. Seu tom era de repreensão quando ela olhou para os machos Faes.

Cyrus cruzou os braços.

— Ela é uma Halfling, mas também é rainha e deusa dos Elementos. Informar a ela de todas as possibilidades parece presunçoso de nossa parte.

Olhei para ele.

— Presunçoso? — Me voltei para a Curandeira. — O que é que você está tentando me dizer? Existe uma grande diferença entre a gravidez Fae e a humana?

A Curandeira me abriu um sorriso fraco ao acariciar a minha mão.

— Você está exibindo todos os sinais de uma gravidez Fae típica. Existem três fases. A primeira é a incubação, que acontece durante o sono. De acordo com o testemunho de Titus, você já a superou durante seus três dias de descanso, embora geralmente sejam apenas vinte e quatro horas...

— *Três dias?* — repeti. — Estou dormindo há três dias? Quando alguém ia me dizer isso?

Cyrus sorriu para mim com simpatia.

— Achamos melhor que o Titus estivesse lá quando você acordasse. É normal, garanto a você. — Ele acenou para a Curandeira com a cabeça. — Por favor, continue.

Ela clareou a garganta.

— Certo, bem, a próxima fase é o aninhamento, o que eu diria que, com base em todas as… hum… decorações, você começou oficialmente. — Ela virou minha mão. — Posso?

Engoli o nó na garganta antes de acenar minha permissão.

Ela passou a palma da mão sobre a minha, fazendo emanar um brilho prateado agradável na sala. Senti a magia do Espírito me envolvendo, embora parecesse mais distante do que o normal. Ela cantarolou, em seguida passou a mão brilhante pelo meu braço e seguiu para baixo, para o meu estômago. Ela sorriu.

— Sim, você está progredindo bem.

A tensão na sala diminuiu.

— Então... eu ainda estou grávida?

Sim, pequena rainha, Cyrus murmurou em meus pensamentos. *Definitivamente grávida.*

A Curandeira riu.

— Sim, querida, e você tem uma criança Fae saudável florescendo em seu ventre. Se ninguém disse isso ainda, parabéns.

Oscilei na onda de alívio que me atingiu.

Eu definitivamente estava grávida.

Do filho de Cyrus.

E o bebê está bem.

O alívio que me atingiu foi forte o suficiente para me deixar tonta.

— Então estou na segunda fase? — perguntei, com a voz vacilante. No momento, eu precisava de algo sólido em que me segurar antes de me transformar em uma poça emocional. — E estou, ah, aninhando?

Ela sorriu e assentiu.

— Sim. Você está se preparando para o nascimento do seu filho, o que significa criar um ambiente que seus instintos considerem propício para uma atmosfera alegre e relaxante.

Uma forte rajada de vento atingiu a sala, um testemunho dos níveis de estresse de Vox. Ele atingiu as decorações penduradas em retaliação, enquanto Sol tirava um fio de cerejas Fae da bolsa e começava a comê-las direto do barbante.

— Isso é para ser pendurado — eu disse a ele.

— E comido — ele concordou, comendo outra.

— Eu não chamaria isso de relaxante — Vox disse, olhando para todas as decorações ao redor e para a grande quantidade de sacolas que eles acabaram de trazer para casa.

Fiz careta.

— Como assim não é relaxante?

— Porque está... meio exagerado? — ele respondeu, fazendo minha careta se aprofundar mais.

Ele não compreendia o objetivo das festas?

— Titus? — chamei, apontando para as orbes sem graça em volta do pilar mais próximo. — Você poderia acender aquilo para mim, por favor?

Ele arqueou a sobrancelha, mas não me perguntou por que eu não tinha feito isso sozinha. Em vez disso, obedeceu e estalou os dedos, enviando o redemoinho de Fogo que acendeu as orbes. Sem dizer nada, Cyrus ativou o segundo, dando ao cômodo um complemento de Fogo e Água que fez meus ombros relaxarem.

— Viu? — a Curandeira perguntou, sorrindo. — Isso faz você se sentir melhor, não é?

Assenti, suspirando.

— Sempre gostei das decorações das festas de fim de ano. Isso não significa nada. — Me inclinei. — Então, você está me dizendo que passei do período de "incubação" e que agora estou aninhando. Como posso estar aninhando se estou apenas com uma semana de gravidez?

Bem, tecnicamente, dez dias já que aparentemente dormi por três deles.

Ela deu um tapinha na minha mão novamente, dessa vez com mais força.

— Sua gravidez será semelhante à de um Fae, não à de um humano. — Ela olhou para minhas orelhas pontudas. Elas se transformaram anos atrás, depois que aceitei meu lado Fae. — Já faz alguns anos que você está vivendo no reino Fae Elemental, e seus companheiros são Fae. Portanto, faz sentido que sua gravidez siga um curso semelhante à nossa.

Olhei ao redor da sala e descobri que nenhum dos meus companheiros me olhava nos olhos. Por fim, voltei a olhar para a Curandeira.

— E o que isso significa, exatamente? — questionei, suspeitando que essa era a parte que meus companheiros tinham "esquecido de mencionar" para mim.

Ela mordeu o lábio antes de me apaziguar.

— Você disse que uma gravidez humana dura nove meses? Bem, a de um Fae é um pouco mais curta.

— Mais curta quanto? — pressionei.

Cyrus teve piedade de mim e massageou meus ombros. Seu olhar dizia que ele assumia total responsabilidade pela situação, já que foi ele que me engravidou.

— Você provavelmente dará à luz ao nosso filho em cerca de dois meses, pequena rainha.

Meu mundo inteiro parou, e meu estômago se contraiu.

— Desculpa... *o quê?*

CYRUS

— Nove semanas. — Claire repetiu essas duas palavras várias vezes, movendo os pés rapidamente enquanto andava de um lado para o outro em nosso quarto.

Vai e volta.

Vai e volta.

— Nove semanas.

Mais passos.

Mais resmungos.

Olhei para Exos, que me lançou um olhar que dizia: "O que você esperava?"

Eu esperava que ela entendesse e acreditasse que era mais Fae que humana. Também esperava que ela ficasse satisfeita pela gestação durar nove semanas, não nove meses. Quem preferiria ficar quase um ano como incubadora quando poderia terminar tudo em cerca de dois meses?

Claro, eu não diria isso em voz alta agora. Não com Claire em sua condição delicada. Meu costume de pressioná-la a aceitar o destino não funcionaria dessa vez. Ela podia não sentir ainda, mas seus hormônios e corpo já estavam mudando. Adicionar mais estresse à transição não seria útil para nenhum de nós.

Então, em vez de falar, enrolei um cobertor de névoa ao seu redor e permiti que as gotas tocassem sua pele exposta. Ela usava uma saia curta bonitinha e uma camisa social que eu queria muito tirar de seu corpo. Mas algo me dizia que o gesto não seria bem-recebido no momento.

Também adorei a escolha do penteado dela. Era uma trança úmida comumente usada pelas Fae da Água. Ela só precisava da coroa para se encaixar em seu papel como rainha da minha espécie. Ela não a usava com frequência, apenas em eventos formais. Mas, às vezes, eu fantasiava com ela usando aquelas joias... e apenas as joias.

Algo nessa mulher sempre fazia meus pensamentos se centrarem na minha virilha, que se mostrou interessada quando Claire se virou para revelar a camisa úmida.

Nada de sutiã.

Puta merda.

O olhar cor de safira de Exos brilhou com interesse.

Ele voltou para o Reino da Água conosco. Era tecnicamente minha noite com Claire, e eu pretendia levá-la para jantar com meu pai e sua companheira, mas adiei o jantar para o brunch de amanhã. Eu precisava acalmar minha pequena rainha primeiro.

— Nove semanas — ela disse pela enésima vez, balançando a cabeça.

— Sim, isso é cerca de sessenta e três dias — eu a informei, em tom seco.

E lá se vai a minha abordagem de manter a calma.

Ela se virou para me encarar como se tivesse se esquecido de que eu estava sentado na cama a poucos metros de distância. No mesmo instante, baixe o olhar para seus seios; aqueles lindos mamilos escuros estavam completamente visíveis sob a camisa, e ela nem percebeu.

Talvez meu cobertor de névoa tivesse sido uma má ideia.

Mas eu não me arrependia, pois o tecido começou a se moldar ao peito dela.

— *Dias*? — Claire repetiu.

Revirei os olhos.

— Vamos, pequena rainha. Sessenta e três dias é muito tempo. Nove semanas. Você preferiria carregar um Faeling por nove meses? É muito tempo para se estar grávida, você não acha?

Exos grunhiu ao meu lado, se para concordar ou para reclamar da minha franqueza, eu não tinha certeza. E também não me importava.

— Como vou conseguir reunir todas as aprovações necessárias para a Academia Fae Inter Reinos em *sessenta e três dias*? — ela questionou. — Você deveria ter me contado esse pormenor antes de eu concordar! Você sabia o quanto aquela academia era importante para mim. E agora não há como eu conseguir levar tudo adiante, Cyrus. Vou ter um bebê em nove semanas!

— Tecnicamente, está mais perto de sete agora — murmurei, o que aparentemente foi a coisa errada a dizer, porque ela gritou.

Eu me encolhi.

Exos gemeu.

E me lembrei dos avisos da Curandeira sobre as mudanças hormonais iminentes de Claire. A fase dois vinha com muitos desequilíbrios físicos e mentais, instintos de proteção e práticas gerais de aninhamento. Era a fase mais longa da gravidez, e a mais difícil.

A fase três era a que eu mais esperava.

Mas eu não abordaria o assunto com ela agora.

Em vez disso, me concentrei no que mais a preocupava: a Academia Fae Inter Reinos.

— Pequena rainha — falei baixinho.

— Não me venha com "pequena rainha" — ela retrucou. — *Você* me engravidou!

Eu ri.

— Isso é verdade, foi obra minha. E não me arrependo. — *Mesmo com você gritando comigo*, pensei, me levantando da cama para ficar na frente dela. — *Pequena rainha* — repeti, segurando seus ombros. — Você tem cinco companheiros.

— Estou ciente, mas foi você que....

— Não, Claire. Não é o que quero dizer. Você tem cinco companheiros que podem e *vão* te ajudar com a Academia. Todos nós sabemos o quanto ela é importante para você. A parte difícil já está feita. Agora só precisamos marcar reuniões com os Faes para encorajá-los a concordar. Você sabe no que Exos e eu somos muito habilidosos? — Arqueei uma sobrancelha, esperando que ela considerasse minhas palavras e ouvisse o que eu estava dizendo.

Ela mordiscou o lábio, o brilho em seus olhos azuis mostrava que ela refletia ao mesmo tempo que lutava com seu instinto de ficar com raiva em vez de pensar comigo.

— Vocês... vocês gostam de política.

— Sim — respondi, levantando uma mão para sua bochecha aquecida. — E somos muito habilidosos em convencer Faes a fazer o que queremos.

— Tipo fazer bebês — ela resmungou.

Contraí os lábios.

— Você quer um Faeling tanto quanto o resto de nós. Não deixe que uma pequena mudança na duração a convença do contrário.

Ela abriu a boca para discutir por causa minha escolha por "pequena", algo que peguei em sua voz mental quando ela começou a se enfurecer novamente. Então a silenciei com um beijo carinhoso, que terminou com ela mordendo meu lábio inferior.

Aliviei a dor com a língua antes de beijá-la novamente e passar os dedos em sua trança para segurá-la contra mim. Havia tantas coisas que eu poderia fazer com o cabelo dela nesse estado, todas de natureza sexual.

Mas escolhi simplesmente abraçá-la, permitir que ela sentisse meu amor e tranquilidade, envolvê-la com meu Elemento e permitir que ele acalmasse sua agitação.

Estamos nisso juntos, lembrei a ela. *Todos nós queremos que a Academia Fae Inter Reinos prospere. Será um ótimo lugar para nossos filhos frequentarem a escola. Então confie em nós para ajudá-la, pequena rainha. É por isso que estamos aqui. Nem sempre você precisa carrear o mundo nas costas.*

Ela suspirou, passando os braços ao redor da minha cintura quando começou a se derreter em meu toque, e sua mente se acalmou.

Aprofundei nosso beijo, levando-a a um estado de contentamento que senti em minha alma. Exos se levantou. O calor do meu irmão cobriu as costas dela enquanto ele apertava seus quadris antes de lhe beijar.

Ela gemeu entre nós. Seu corpo menor estava cercado pela realeza e poder Fae Elemental.

A palma da mão de Exos deslizou entre nós, seguindo para o baixo ventre de Claire, e ele roçou a boca roçando em sua orelha.

— Posso sentir o Faeling — ele sussurrou para ela. — Sei que você estava preocupada antes, Claire. Eu pude sentir através do vínculo. Mas nosso bebê está saudável e crescendo, conforme deveria.

Nosso, ela repetiu em sua mente, sorrindo. Sorri em sua boca, gostando também de como aquilo soou. Porque não importava que eu fosse o pai da criança; todos os companheiros dela olhariam para o Faeling como sendo nosso filho.

— Deixe-nos cuidar de você — pedi. — É por isso que estamos aqui.

— Nós vamos lidar com as reuniões Faes — Exos adicionou. — Apenas nos informe se quiser participar de alguma, e você estará lá. Caso contrário, deixe conosco. E concentre-se em cuidar do nosso Faeling.

— Não é da minha natureza simplesmente... desistir do controle — ela admitiu, engolindo em seco.

— Então nos diga o que fazer — ofereci. — Diga-nos de que você precisa e nós te ajudaremos a alcançar. Mas não carregue tudo isso sozinha, Claire. Não vai funcionar para nenhum de nós.

Ela assentiu.

— Eu sei.

— Que bom. — Beijei seu nariz e apoiei a testa na dela. — Agora tenho outro pedido.

Ela arqueou a sobrancelha.

— Outro? — Ela soou cínica. — Acho que você já fez pedidos suficientes.

Eu sorri.

— Este é um de que acho que você vai gostar.

— Uh-hum.

Mordisquei seu lábio inferior, então me afastei o suficiente para olhar para sua blusa.

— Podemos ajudar você a tirar essas roupas molhadas?

Ela franziu a testa e olhou para baixo.

— Como...? — Ela piscou. — Espere, qual é o pedido?

Não vou deixar você me distrair com sexo. Da última vez que fiz isso, acabei grávida.

Em vez de corrigir sua declaração, eu apenas disse:

— Despir você é o meu pedido.

— Oh. — Ela franziu a testa, então olhou para baixo de novo. — Tudo bem.

— Já que estamos fazendo pedidos — Exos adicionou com a boca mais uma vez em seu pescoço. — Eu gostaria de permissão para te comer por trás.

As bochechas dela coraram.

— Exos.

— E eu quero sua boceta — declarei, apreciando como sua pele assumiu um tom profundo de vermelho. — Não aja como se estivesse surpresa com nossa franqueza, pequena rainha. Você está acasalada conosco há tempo o bastante para conhecer nossas preferências.

Ela engoliu em seco.

— Ainda não estou acostumada.

Contraí os lábios novamente.

— Então nos permita fazer outra demonstração. — Comecei a desabotoar sua blusa, já que ela tecnicamente deu permissão. — Considere uma rodada de treino para a fase três.

— E o que acontece na fase três? — ela perguntou, ofegante, enquanto tirávamos a camisa de seu corpo lindo.

— Sexo intenso — Exos sussurrou em seu ouvido ao agarrar sua saia e a puxar para baixo. — Agora vá para a cama e abra essas coxas bonitas.

CLAIRE

UMA SEMANA E MEIA DEPOIS

CERTO, ENTÃO HAVIA UMA PARTE BOA NESSA COISA DE gravidez: sexo incrível. E, também, meus companheiros em geral.

Eles nunca tinham sido tão atenciosos quanto estavam sendo agora, o que dizia muito, considerando que eles sempre pareciam se curvar para mim.

Como agora, com Titus me ajudando a decorar a sala de reuniões principal do prédio do Chanceler, no campus. Cyrus disse que esperava que alguns Faes aparecessem para discutir a Academia Fae Inter Reinos, e eu entrei no modo de designer de interiores.

As festas de fim de ano deixavam as pessoas felizes.

E eu precisava que esses Faes estivessem felizes.

E foi assim que me encontrei em um mar de lantejoulas, glitter e decoração festiva de inverno. Cobri cada centímetro da sala de reuniões para os convidados de hoje. Eu não conseguia me concentrar na papelada nem nas negociações em potencial, não até que a sala estivesse devidamente preparada.

O termo "aninhamento" se repetiu várias vezes na minha cabeça, apenas me levando a um frenesi para deixar tudo ainda mais certo.

Mas em todos os lugares que eu me virava, encontrava um espaço vazio que precisava de um Papai Noel. Uma parede em branco que precisava de um respingo de glitter. Uma escada que precisava de mais enfeites.

— Velas — declarei, batendo as mãos. Ah, sim, um mar de luzes bruxuleantes resolveria o problema.

Eu precisava dos meus Elementos, mesmo que não tivesse acesso total a eles.

Sim. Sim. Velas, com certeza.

Titus me observou enquanto eu usava uma das velas já acesas para acender as outras com cuidado, uma a uma. Ele parecia pronto para dizer alguma coisa, quando uma nuvem de neve falsa flutuo pela sala, quase pegando Fogo. Ele inclinou a chama para longe com um movimento da mão, arqueando a sobrancelha para mim.

— Obrigada — falei, com timidez, odiando ter que confiar cada vez mais em meus companheiros para me impedir de incendiar cômodos.

— Ficou com medo de um pouco de calor? — ele perguntou com um sorriso sexy, dando um beijo em meus lábios. Eu me entreguei antes de me esquivar para continuar o trabalho.

— Só estou sendo extremamente cuidadosa — respondi, falando sério.

— É, estou vendo. — Ele me seguiu enquanto eu examinava a sala pela milésima vez.

As decorações pareciam ter precedência sobre os preparativos para minha reunião iminente. No entanto, Titus não apontou minhas prioridades desequilibradas.

Aflora e alguns outros Faes atravessariam a porta decorada com azevinho a qualquer minuto. O resto dos meus companheiros se juntaria também, para ficar de olho em mim. Cyrus, em particular, estava protetor ultimamente, o que era compreensível. Titus também devia estar sentindo a pressão para me manter segura.

— Você precisa mesmo me fazer ter outro ataque do coração? — Titus perguntou com tristeza, me segurando quando oscilei na escada. — É só me dizer o que precisa ser pendurado, e eu penduro. Ou podemos pedir ao Vox.

— Não — respondi, com teimosia, subindo cada degrau da escada com as mãos de Titus segurando firme nos meus quadris. — Vocês não fariam direito. — Eu era a única que sabia onde tudo tinha que ficar. Só que eu não conseguia explicar essa sensação absurda para meus companheiros.

O calor de Titus aumentou por causa da frustração, enquanto eu ajustava uma das tiras de flocos de neve.

Normalmente, eu teria usado um pouco de magia do vento para prender as tiras altas no teto, mas meu Elemento não me obedecia.

Isso deveria ser preocupante.

E, sim, eu deveria ter mencionado o fato.

Mas a Curandeira me disse que eu poderia me sentir um pouco estranha à medida que o Faeling crescesse. E não era como se essa gravidez de Halfling viesse com um manual de instruções.

Então, em vez de deixar a mim ou a meus

companheiros ainda mais preocupados, decidi manter a calma e fazer o que pudesse para tornar tudo mais seguro.

Daí todas as decorações.

Uma sala cheia de alegria festiva me dava a sensação de calma de que eu precisava.

— Agora, sim — eu disse, satisfeita, quando prendi a serpentina solta entre camadas complementares de folhas de outono e abóboras.

— Você finalmente terminou? — ele perguntou. Sua voz foi se elevando em uma cadência esperançosa.

— Humm — murmurei, olhando ao redor da sala. Ação de Graças, Natal e Solstícios de Outono e Inverno, tudo isso transformando a sala em minha obra-prima festiva, mas ainda faltava alguma coisa.

— Hum... — uma voz incerta soou quando Aflora abriu a porta, empurrando para o lado a neve falsa que eu tinha amontoado perto das dobradiças. Uma vela tremeluziu ali perto, e Titus moveu os dedos, afastando a chama antes que ela incendiasse tudo.

— Estou no lugar certo? — ela perguntou, olhando para as velas com cautela.

— Aflora — cumprimentei, animada ao ver a fêmea a que Sol se referia como sua irmã mais nova. Os dois cresceram juntos depois que os pais Faes Reais de Aflora morreram, e agora os dois compartilhavam o acesso à fonte da Terra.

Acenei para ela entrar e me arrependi do movimento quando quase caí da escada. Titus xingou e me pegou, colocando meus pés no chão.

Então uma chama irrompeu pela sala.

— Merda — Titus murmurou.

Aflora puxou uma varinha de sua capa e murmurou um feitiço, apagando o fogo. Em seguida, ela olhou ao redor da sala com seu olhar cerúleo.

— Bem, há decorações suficientes aqui para enfeitar um campo de flores silvestres — ela disse. — Alguém definitivamente está aninhando.

Titus grunhiu em concordância, e vozes masculinas ecoaram pela porta aberta. Zephyrus a atravessou enquanto sorria para o que Cyrus tinha acabado de dizer.

— Uau, o Natal e o Dia de Ação de Graças tiveram um filho? — Zephyrus perguntou, olhando ao redor da sala.

— A Claire está aninhando — Aflora respondeu.

— Estou vendo — ele brincou. — Oi, Claire. — A saudação carecia de afeto, mas era normal para o Guerreiro de Sangue. Faes da Meia-Noite tinham uma variedade de classificações. A dele se concentrava principalmente na magia defensiva, que emanava de sua postura agora que ele se aproximava de Aflora. — Por que você sacou a sua varinha?

— Fogo — Aflora respondeu, guardando o conduíte mágico. — Estou bem.

Ele a olhou ao se assegurar de que ela estava realmente "bem".

Cyrus arqueou uma sobrancelha para mim assim que Titus saltou para apagar uma chama.

— Achei que o aninhamento deveria ajudar você a criar um espaço seguro — meu companheiro da Água brincou, caminhando para a frente para passar os dedos por baixo do meu queixo. A névoa tomou conta de mim, me dando uma sensação de formigamento enquanto ele, por instinto, me protegia com um escudo de Água.

Semicerrei os olhos para meu companheiro.

— Você não precisa me colocar literalmente em uma bolha, Cyrus.

Ele sorriu.

— Preciso, quando você está com a intenção de incendiar salas.

— Consegui controlar — Titus assegurou, em seguida assobiou quando outra chama escapou de sua atenção.

— Deixou essa passar, Vaga-lume — Cyrus apontou, ganhando um rosnado do meu Fae do Fogo, que prometia vingança.

Sorri, achando graça da brincadeira de sempre entre eles.

Gina enfiou a cabeça pela porta e olhou ao redor da sala, ostentando um sorriso irônico.

— Perdi os fogos de artifício?

— Que fogos de artifício... — perguntei, ao ser interrompida por uma explosão que me fez gritar e me agarrar a Cyrus.

Aflora levou a mão ao peito enquanto Zephyrus semicerrava o olhar astuto. As chamas descontroladas de Titus, estimuladas pela provocação de Cyrus, alcançaram as bandejas de nozes. Agora, elas estavam explodindo por todo o teto. O quebra-nozes em tamanho real se agitou ao lado da exibição, abrindo e fechando a boca conforme se balançava.

Gina bateu palmas, a única entre nós que não ficou surpresa. Bem, Zephyrus não parecia muito surpreso, estava mais para irritado.

Cyrus apagou as chamas com uma carícia de sua magia, tomando cuidado para não encharcar as decorações no processo. No entanto, ele deixou as chamas acesas, provavelmente para irritar Titus.

Posso sentir que você está se divertindo, linda, Exos murmurou em minha mente. *Espalhando o caos novamente?*

Só estou me divertindo com a decoração, respondi contraindo os lábios.

Humm, ele murmurou de volta, sua própria diversão

atingindo meu coração. *Chegarei em alguns minutos com Sol e Vox. Espero que você esteja com fome.*

Para que tanta comida para uma reunião? perguntei a ele.

Talvez não seja para uma reunião, ele sugeriu.

Como assim?

Paciência, Claire.

Se ele estivesse diante de mim, demonstraria meu aborrecimento ao dar língua para ele. Em vez disso, Cyrus me distraiu com sua boca, me dando um beijo que me fez suspirar de contentamento.

Aflora abriu caminho em meio ao glitter, buscando um lugar para se acomodar. Ela empurrou para o lado algumas almofadas macias em formato de estrelas e árvores de Natal e por fim se sentou em uma cadeira.

— Não sei se vai ter lugar para todo mundo. — Zephyrus sorriu e se sentou ao lado dela.

Mordi o lábio ao avaliar a sala, parando para refletir quanto ao problema. Eu tinha deixado meus instintos assumirem e não levei a logística em consideração.

Gina oscilou para um monte de neve falsa e se acomodou lá como um pássaro aconchega em um ninho.

— Acho que isso funciona muito bem. — Ela passa as mãos pela beirada do assento improvisado. — Me lembra de quando meus instintos Ômega tomaram conta. É um tipo semelhante de instinto de aninhamento, eu acho. — Ela sorriu para mim. Um pouco de branco se insinuou no brilho de seus olhos quando ela passou os dedos pelas decorações que desencadearam uma de suas visões. — Bem-vinda à vida de grávida, Claire. Vai fazer você correr o tempo todo.

— Claire? — Ouvi meu nome, combinado com um tom feminino preocupado, antes que eu tivesse tempo de responder à estranha declaração de Gina. Minha mãe entrou e parou, arregalando os olhos. — Oh...

— Ah, oi, mãe — eu a cumprimentei, sorrindo. — Nós vamos fazer uma reunião. — Assim que todos os outros Faes resolvessem chegar.

A que horas eles vêm mesmo? perguntei a Exos.

Devem estar chegando por agora, ele respondeu.

Arregalei os olhos. *Ah, ainda não estou pronta!*

Está tudo bem, ele respondeu. *Fale com a sua mãe.*

Como você sabe que minha mãe está aqui?

Nenhuma resposta.

— O que foi, Ophelia? — Mortus perguntou ao entrar logo atrás de minha mãe, me fazendo franzir a testa.

Por que Mortus está aqui?

Porque ele é o namorado da sua mãe, Exos respondeu.

Sim, eu sei. Mas por que ele vai participar da reunião?

Porque nós o convidamos, linda.

— O que o meu irmão está dizendo? — Cyrus perguntou baixinho, envolvendo o braço na minha cintura ao parar ao meu lado.

— Eu estava perguntando a ele sobre a reunião — murmurei, então sorri quando minha mãe e o namorado se aproximaram.

— Ah, sim. A "reunião" — Cyrus respondeu, com uma carícia estranha na última palavra.

— Sua mãe me avisou de seu aninhamento, mas você se superou de verdade, Claire — Mortus disse ao se inclinar para beijar minha bochecha. Era um pouco estranho ver o ex-professor Fae do Fogo ser tão caloroso. Ele costumava agir como um idiota. No entanto, parecia ter mudado. — Feliz festa de aninhamento — ele acrescentou baixinho.

— Festa de aninhamento? — repeti. — O quê?

Minha mãe deu um tapa de brincadeira no peito dele.

— Era para ser surpresa, Mortus!

— Ah. Certo. — Ele fez careta. — Me desculpe.

Minha mãe suspirou e balançou a cabeça.

— Está perdoado. Quer colocar os presentes debaixo da árvore?

Ele assentiu.

— Como quiser, querida.

O relacionamento deles evoluiu nos últimos anos, mas eles não estavam acasalados. Eu supunha que ele estava mais para namorado da minha mãe do que para marido. O que era uma alcunha muito estranha para ele.

— O que é uma festa de aninhamento? — perguntei, me animando com a ideia de outra ocasião festiva.

— Puta merda — Titus xingou, quando outra chama saiu de controle.

Cyrus sorriu.

— Problemas, Vaga-lume?

— Chupa aqui — Titus retrucou, pegando a virilha.

— Titus! — minha mãe ofegou, fazendo meu companheiro de Fogo se encolher.

— Desculpe, Ophelia — ele disse, soando arrependido.

O sorriso de Cyrus ficou ainda mais largo.

Pare de provocá-lo, eu disse ao meu companheiro de Água.

Mas é tão divertido, ele respondeu.

Eu apenas balancei a cabeça e olhei para Gina, me perguntando se eu deveria me preocupar com mais explosões, mas ela desviou a atenção para a porta, como se estivesse esperando que mais algum Fae entrasse.

Algum Fae do Inferno virá? perguntei a Exos.

Com certeza não.

Fae metamorfo? sugeri.

Não, ele respondeu.

Então quem está vindo?

Paciência, ele repetiu.

Suspirando, voltei às decorações, o que incluía subir de novo na escada para ajustar outro festão.

— O que você está fazendo aí em cima? — minha mãe questionou. O choque estava evidente em sua voz. — Você não deveria estar subindo a alturas perigosas.

— Boa sorte convencendo-a a parar — Titus murmurou, então xingou quando o Fogo subiu por uma das cortinas. — Caramba. — Ele acalmou a chama com uma onda de magia.

— Não gosto de você aí em cima — Cyrus disse, com as mãos nos meus quadris, me firmando enquanto Titus se concentrava nas velas. — Desça, por favor.

— Estou bem — insisti. Vox e eu muitas vezes nos encontramos nas nuvens durante uma de nossas sessões individuais, mas ele não precisava saber disso.

No entanto, permiti que Cyrus me tirasse da escada assim que o resto dos meus companheiros entraram.

Exos semicerrou o olhar, mas não comentou.

— Por que você não está se firmando com a Terra? — Sol perguntou ao ajudar Vox a colocar uma montanha de comida na mesa, perto das nozes queimadas. — E o que aconteceu aqui?

— A Claire gosta de velas — Titus explicou.

— E ela pode lidar com alturas muito bem — Vox acrescentou, então franziu a testa quando glitter flutuou em direção à comida. Ele o mandou embora com uma lufada de ar. — Essas coisas estão em todos os lugares.

— Eu sei, e é tão bonito! — exclamei, sem uma explicação melhor para expressar o quanto tudo aquilo era necessário.

Ele amoleceu e sorriu para mim.

— Sim, está tudo lindo. Assim como você, Claire.

Exos sorriu divertido, então partiu para buscar mais

comida. Quando voltou, trazia, também, um monte de pratos e talheres.

— Sério, por que precisamos de toda essa comida para uma reunião? — perguntei a ele.

— Porque não é uma reunião —, ele respondeu. — É uma festa surpresa de aninhamento.

— O que não é mais uma surpresa, já que todo mundo não para de contar a ela — Cyrus acrescentou, seco, passando o braço em volta da minha cintura mais uma vez.

— Certo, mas o que é uma festa de aninhamento? — perguntei de novo, esperando que alguém explicasse. — E se não for para a Academia Fae Inter Reinos, então eu quero uma atualização sobre como tudo isso está indo.

Cyrus foi para trás de mim para me abraçar pela minha cintura, me forçando a encarar minha mãe.

— Quer explicar, Ophelia? Foi tudo ideia sua, não foi?

Minha mãe deu uma risadinha ao se sentar ao lado de Mortus. Parecia a risada de uma menina, não a de alguém da sua idade. Claro, nem ela nem o *namorado* pareciam ter mais de trinta anos. A genética Fae era impressionante.

— Sim, Cyrus está certo. Eu sou a culpada — ela admitiu quando Mortus passou o braço ao redor dela. Me perguntei se eles decidiriam se acasalar novamente. O primeiro acasalamento dos dois não foi por escolha. Mas, agora, eles pareciam se amar de verdade.

— Eu queria te surpreender com uma festa de aninhamento. É parecido com um chá de bebê — ela explicou, me fazendo lembrar de Gina me dizendo algo assim no mês passado. Encontrei o olhar da Fae Fortuna, que me abriu um sorriso deslumbrante. Certo. Ela previu isso.

— Então seus companheiros me ajudaram com o ardil — minha mãe continuou. — Você está no auge da fase de aninhamento, então pensei que você fosse gostar de celebrar. — Ela passou os olhos pela sala, fixando-o na minha barriga; e suas feições se suavizaram em um sorriso. — Seu pequeno herdeiro das festas de fim de ano estará aqui antes que percebamos.

Herdeiro das festas de fim de ano.

Gostei.

— Então não há reunião nenhuma — concluí. — Mas alguém vai me contar como vai ainda os preparativos para a Academia Fae Inter Reinos, certo? — A única atualização que recebi foi que eles estavam agendando reuniões em todos os reinos, fornecendo informações da minha apresentação e tentando garantir alianças. Haveria uma grande votação perto do final do ano.

— Que tal depois da festa de aninhamento? — Cyrus sugeriu, com os lábios colados à minha orelha. — Vamos aproveitar nosso Faeling primeiro, depois Exos e eu vamos te banhar com todas as discussões políticas.

Meus lábios se curvaram.

— Promete?

— Prometemos — ele murmurou, beijando minha bochecha.

Quero a sua boceta desta vez, Exos disse na minha cabeça, me fazendo engasgar.

Exos!

O quê? Ele me olhou com malícia, de seu lugar ao lado da comida. *Você me prefere na sua bunda?*

Pare. Minha mãe está aqui. Bem ali. Me encarando.

E que lindo rubor você está estampando agora, ele brincou, piscando para mim.

Tentei engolir, mas o calor de Cyrus nas minhas costas tornou difícil. E, de lá do outro lado da sala, Sol e Vox me lançaram olhares acalorados também, e foi como se eu tivesse me tornado uma das velas rebeldes.

Vocês precisam parar, eu disse, ecoando a mensagem através dos vínculos.

Eu nem comecei, Titus respondeu, seu olhar me encarando me fez lembrar de brasas.

— Hora da festa de aninhamento? — Cyrus perguntou baixinho. — O que me diz, pequena rainha?

— Hora da festa — concordei.

— Nem todos os presentes são bons para comer — Gina interrompeu, o comentário foi aleatório e bem a cara dela.

Olhei para Cyrus, que apenas deu de ombros em resposta.

— E a diversão chegou! — Lance anunciou ao entrar na sala com os braços bem abertos e quase derrubou uma vela no chão. Ele a endireitou com a facilidade que só um Fae do Fogo poderia possuir.

— Lance — Titus murmurou. — Você deveria estar visitando nossos pais agora, não é?

— Seus pais? — repeti, com um gritinho agudo. Não via a família de Titus há anos, e ainda que eles parecessem gostar de mim, Faes do Fogo eram um pouco, ah, quentes, para dizer o mínimo. E a relação de Titus com os pais, assim como com seu irmão, não era das melhores. Quando mais jovem, ele perdeu o controle de seus poderes e matou vários membros da família no processo. Incluindo o primo favorito de Lance.

— Você não me disse que seus pais viriam.

— Porque eles deveriam estar recebendo a visita do meu irmão, não...

Um Fae do Fogo com olhos vermelhos brilhantes e músculos volumosos entrou na sala, detendo Titus no meio da frase. O pai dele ficou boquiaberto ao olhar para a sala, e seu calor fez as decorações de azevinho ao redor dele murcharem. A seiva pingou em seu ombro, fazendo-o franzir a testa.

— Muito bem, estamos aqui. Onde está a comida?

— Pyros — sua esposa, Ruby, o repreendeu. Ela era uma coisinha fofa com cabelos ruivos brilhantes. Por alguma razão, ela sempre me lembrava de cerejas. — Diga oi para a companheira do seu filho.

O Fae do Fogo pigarreou. Eu tinha a sensação de que meu *sogro* Fae de Fogo − um termo que eu adotei para os pais de meus companheiros, mesmo que não fosse tecnicamente preciso − não era alguém para ser desobedecido.

— Oi, Claire. Parabéns pelo Faeling.

Dito isso, ele foi até a comida e não teve pressa ao encher um dos pratos.

Titus veio para o meu lado, e roçou os lábios na minha orelha.

— Não se importe com o meu pai. Ele só está azedo porque um Fae da Água teve os primeiros direitos sobre um herdeiro. É mais uma falha que ele vai colocar na minha conta.

Cyrus bufou, tendo ouvido o comentário.

Ruby se aproximou, sorrindo para mim com gentileza.

— Você está radiante, querida — ela disse, como se estivesse me consolando da grosseria do marido.

— Obrigada, Rubi.

Ela deu um tapinha na minha mão antes de se sentar ao lado de Gina. As duas passaram a conversar, e a mãe de Titus, o tempo todo, de forma não tão sutil, tentava encorajar a Fae Fortuna a dizer para quando ela poderia esperar que um pequeno Faeling do Fogo.

Soltei um longo suspiro e permiti que Cyrus e Titus me guiassem até uma cadeira. Então Sol me entregou um prato que ele já havia preparado, e meus companheiros se aglomeraram ao meu redor trazendo a própria comida.

Demorei um pouco para relaxar por completo, mas quando ninguém tentou desafazer as minhas decorações e, em vez disso, se acomodaram em torno delas, comecei a me divertir.

Vox causou um pouco de alarido por causa da comida, pois o glitter continuava a estragar suas "criações perfeitas". No entanto, Sol insistiu que isso acrescentou um pouco de crocância, que estava faltando, para a consternação de Vox. Meu companheiro Fae da Terra amava todos os alimentos, independentemente da origem ou tipo.

Cyrus e Exos também cederam e me deram as atualizações que eu queria sobre a Academia. Foram todas positivas, exceto a questão com os Fae do Inferno.

— Talvez precisemos considerar avançar sem eles — Cyrus comentou.

Balancei a cabeça.

— Nós precisamos deles.

— Eles não fazem parte da sociedade Fae há séculos, Claire — Exos murmurou.

— E eu quero consertar isso — insisti. — Pense nisso. Se uma Academia Fae Inter Reinos existisse antes, isso nunca...

— Teria sido um problema — Exos e Cyrus terminaram por mim.

Meu companheiro da Água soltou um suspiro e assentiu.

— Prometo continuar tentando.

— É tudo o que peço — respondi.

— Eu sei. — Ele segurou minha bochecha e se inclinou para dar um beijo em meus lábios.

— Então, onde você treinou? — A voz de Lance

atravessou a sala. Ele escolheu se sentar ao lado de Zephyrus, algo que claramente deixou o Fae da Meia-Noite desconfortável. No entanto, Aflora pareceu achar divertido.

Quando Zephyrus não respondeu, Lance acrescentou:

— Faz três anos que mantenho o título de campeão sem poder.

Ainda sem resposta, mas suspeitei que o Guerreiro de Sangue estivesse falando mentalmente com Aflora, porque seus olhos brilhavam com uma risada desenfreada.

— Os Faes da Meia-Noite têm um ringue de luta? — Lance insistiu.

O Guerreiro de Sangue semicerrou os olhos, dando uma resposta sucinta.

— Nenhum onde um Fae Elemental seria bem-vindo.

Lance estufou o peito, encarando a afirmação como o desafio que era. Mordi o lábio, me perguntando se deveria intervir antes que o impetuoso Fae do Fogo acabasse tendo o traseiro chutado.

Quando eu estava prestes a me levantar, Titus empurrou um presente debaixo do meu nariz que cheirava a... canela?

Meu estômago revirou.

Normalmente, eu gostava de canela, mesmo da variedade Fae, mas não tinha certeza se conseguiria lidar com mais comida Fae agora. Meu estômago já estava embrulhado por causa da comida que meus companheiros colocaram no meu prato, e eu mal toquei nele.

Então, sim, experimentar algo novo não me atraía agora.

— É da minha família — explicou, obviamente orgulhoso do presente. — Você se lembrou de embalar tudo do jeito certo? — ele perguntou a Lance, de forma incisiva.

Seu irmão revirou os olhos. Embora sua estrutura muscular me lembrasse de Titus, ele tinha uma expressão mais dura, tendo puxado mais ao pai, enquanto Titus se parecia mais com a mãe.

— Exatamente como você instruiu — o jovem Fae do Fogo assegurou antes de se voltar para um Zephyrus ainda desinteressado.

Titus sacudiu o pacote de leve e o colocou no meu colo.

— Abra — ele me encorajou, mantendo os lábios perto da curva do meu pescoço conforme ele afastava meu cabelo.

Sorri e desfiz o laço, então abri o papel vermelho brilhoso e encontrei um bolo de canela muito bonito decorado com brasas resplandecentes.

— Vai me queimar se eu tentar comer? — perguntei, sentindo meu estômago revirar. Esperava mesmo que o bolo não me deixasse enjoada.

Seria humilhante vomitar na minha própria festa de aninhamento. Eca.

Eu adorava quando Titus me surpreendia com novas guloseimas Faes, mas a hora não poderia ter sido pior.

Titus levou a guloseima à minha boca e a balançou debaixo do meu nariz, fazendo meu estômago protestar.

É, não ia dar certo.

— É um bolo de Fogo — ele explicou, alheio à minha agonia. — Acho que nosso pequeno Faeling vai adorar...

Quando senti que o conteúdo do meu estômago estava prestes a subir, o bolo explodiu em chamas, fazendo todos gritarem.

Merda. Eu fiz isso?

Eu com certeza não tinha lançado nenhuma magia, mas o Elemento Fogo que queimou, literalmente, o presente veio de mim.

Ou... de *dentro* de mim.

Pyros soltou uma risada.

— Ora, ora um bolo de Fogo de verdade. Maravilha.

— Mas eu não... — protestei quando Titus se aproximou do pai.

— Você acha que isso aqui é alguma piada? — Titus explodiu. — Por que você está aqui se vai estragar tudo?

O pai de Titus estufou o peito.

— Não queimei seu bolo, se é isso que você está insinuando. — Ele pousou a mão no ombro de Lance, fazendo o Fae se encolher. — Embora tenha sido muito engraçado, você não acha, Lance?

O jovem Fae do Fogo não parecia estar rindo, nem se divertindo com a mão do pai em seu ombro.

— Infelizmente, a culpa foi minha — Cyrus interveio. — Eu detesto bolos de fogo. É uma coisa de Fae da Água. Talvez a Claire esteja assumindo algumas das minhas preferências durante a gravidez.

Titus franziu a testa, mas a sugestão não foi suficiente para fazer meu companheiro de Fogo se acalmar.

Gina ergueu um pacote que ela pegou debaixo da árvore.

— Ah, olhe, um presente da família do Sol! — ela anunciou, correu para mim e limpou as cinzas antes de largar o presente no meu colo. Ela se inclinou e sussurrou: — Uma distração impedirá que o Fae do Fogo exploda.

Titus resmungou, mas voltou para o meu lado enquanto eu desembrulhava o item. O papel de seda decorado abrigava uma folha verde enorme. Segurei-o contra a luz.

— Eu, ah, devo comer isso também? — perguntei, com medo de que aquilo explodisse em chamas igual foi com o último item comestível.

Sol riu.

— É um cueiro, florzinha.

Eu o virei e ergui uma sobrancelha.

— Ah... hum, obrigada? — falei, lhe abrindo um sorriso fraco antes de colocar a folha de volta no papel de seda.

A entrega de presentes continuou enquanto os Faes me ofereciam mais coisas, algumas delas eu nem tinha notado debaixo da árvore, graças a encantamentos mágicos criados por Aflora e os outros.

Cada presente era mais estranho que o anterior.

Gina me deu uma fileira de bastões que, supostamente, me ajudariam a prever os horários das sonecas.

Aflora e Zephyrus me presentearam com uma semente que disseram que eu não gostaria de plantar. Algo sobre cipós ardentes e para usá-las apenas como medida de proteção.

A família de Vox enviou um conjunto de irritantes sinos de vento, que eu suspeitava vir com alguma maldição.

Minha mãe e Mortus deram o presente mais normal de todos: um livro de histórias elementares para ler para nosso Faeling quando ela ou ele fosse mais velho.

Comecei a lê-lo quando uma sensação distinta me fez cruzar as pernas e começar a me contorcer. Porcaria.

— O que foi? — Cyrus perguntou, colocando a mão no meu joelho.

Sol envolveu os dedos ao redor da curva do meu ombro daquele jeito possessivo que eu gostava. Ele também havia sentido meu desconforto repentino. Quase permiti que isso me embalasse a um estado de conforto.

Até que minha bexiga protestou e me obrigou a agir.

Eu me levantei, empurrando meus companheiros de cima de mim.

— Banheiro! — gritei, não me importando com a

forma como todos me encararam quando um desejo repentino e inexplicável tomou meu corpo. — Tenho que… fazer xixi!

As palavras proféticas de Gina me seguiram enquanto eu saía correndo da sala.

Bem-vinda à vida de grávida, Claire. Vai manter você na corrida.

CLAIRE

Cyrus estava do lado de fora do banheiro, esperando por mim.

— Pronta para outro presente? — ele perguntou, com um tom de promessa na voz.

— É sexo? — sondei.

Os cantos de seus lábios se curvaram para cima.

— Isso é certo, não um presente — ele falou, estendendo o braço para mim. — Vamos, Exos e eu queremos te mostrar uma coisa. E não, isso não é um eufemismo.

— Com vocês dois, é dureza saber — murmurei.

— Dureza, sem dúvida — Exos ecoou.

Os dois machos riram, e eu apenas balancei a cabeça.

Cyrus passou o braço em volta de mim, me

conduzindo em direção à saída do prédio, para longe da festa.

— Para onde estamos indo? — perguntei.

— Casa — ele respondeu.

— Sem nos despedirmos de todos? — perguntei, franzindo a testa.

— Vou te orvalhar por isso — ele prometeu enquanto Exos pegava minha mão e caminhava do meu outro lado.

Não que eu quisesse voltar para a festa, mas parecia falta de educação sair sem pelo menos expressar minha gratidão a todos. Especialmente Aflora e Gina, que viajaram pelos reinos para chegar aqui.

Titus, Vox e Sol se juntaram a nós do lado de fora, com os olhares cheios de perguntas.

— Vocês não sabem qual é o presente deles, não é? — perguntei a eles.

Um coro de nãos respondeu à minha pergunta.

O que significava que era invenção de Exos e Cyrus. Excelente.

— Nada de bom acontece quando vocês dois se juntam — resmunguei, não falando a sério. Mas eu queria saber o que eles tinham planejado para mim.

— Nada mesmo? — Cyrus perguntou, descendo a mão para o meu traseiro. — Você parece gostar quando Exos e eu nos juntamos.

Estremeci, e os comentários que Exos fez antes aquecem minha mente.

— Bem, talvez haja exceções.

Titus grunhiu.

— Com ciúmes, Vaga-lume? — Cyrus o provocou.

— Vá se foder, Idiota — Titus retrucou.

— É Idiota *Real* para você — Cyrus o corrigiu.

Meu companheiro do Fogo só balançou a cabeça. O comportamento dele demonstrava sua exaustão. Ele trabalhou duro para manter todas aquelas chamas sob controle. Porque eu não pude ajudar.

Contorci os lábios. Eu precisava dizer alguma coisa, mas como eu traria o assunto à tona? Tipo, *Ah, a propósito, não consigo acessar os Elementos. Certo. Bom papo.*

Eles já estavam sendo muito protetores. Contar só pioraria as coisas.

Sendo que não falar para eles também causou problemas.

Eu deveria mesmo...

— Cyrus passou a semana se gabando desse presente — Titus murmurou, me distraindo. — Mas ele não quis nos dizer o que é. — Ele encarou o Rei da Água. — Eu *tinha* esperado ofuscá-lo com o bolo de Fogo, mas a coisa foi pelos ares bem na minha cara.

Vox riu.

— Literalmente. — Ele deu um tapinha no braço do Fae do Fogo quando começamos a seguir o caminho para nossa casa. Não ficava muito longe do escritório do Chanceler, já que o Chanceler era eu. Mas havíamos construído dois prédios separados, ao contrário do meu antecessor, que morava e trabalhava no mesmo lugar.

— Podemos fazer um juntos — Vox sugeriu, com pena do meu companheiro do Fogo. — Adoraria aprender a receita.

Titus abriu a porta de casa.

— Houve uma razão para que meu irmão trouxesse o presente. É um segredo muito bem guardado através da linhagem da minha mãe. Vai ser difícil conseguir alguma coisa com ela, mas boa sorte.

— Desafio aceito — Vox rebateu, com os olhos brilhando ao passar pela soleira. Meu companheiro do Ar parecia determinado a aprender todos os segredos da culinária, humana, Fae ou qualquer outra.

Meu estômago roncou, me lembrando de que já fazia alguns dias que eu não conseguia desfrutar de nenhuma de suas refeições tipicamente deliciosas. Eu esperava que qualquer coisa que Cyrus e Exos planejassem para me surpreender viesse acompanhado de hambúrgueres e batatas fritas.

Cyrus desfez o nó da gravata quando entramos em nossa casa e parou na minha frente. Eu arqueei a sobrancelha.

— E o que você pretende fazer com isso? — perguntei.

— Te vendar. — Ele envolveu a seda macia sobre meus olhos. Exos soltou minha mão para ficar atrás de mim, e ajudou o irmão a amarrar as pontas sobre o meu cabelo.

— Você disse que não envolvia sexo — lembrei a ele. — Não que eu esteja reclamando.

Ele riu.

— Só quero ter certeza de que você desfrute do efeito completo — ele afirmou. Embora a tensão em nosso vínculo de companheiros sugerisse que ele não se importaria com um pouco de preliminares mais tarde.

Exos voltou a pegar a minha mão. Eu sabia que era ele porque seu beijo de magia do Espírito sempre chamava meu coração. O que me fez sentir ainda mais falta dos meus Elementos.

No entanto, nesses últimos tempos, a magia deles parecia disparar por mim cada vez mais, como se me fornecesse o sustento necessário vindo direto da fonte elemental.

Parecia estranho descrever dessa maneira.

A magia deles nunca havia causado essa sensação em mim, mas o toque dela, de alguma forma, aliviou minha fome, então me agarrei a Exos, puxando o fio entre nós enquanto caminhávamos.

Meus companheiros me guiaram por nossa casa e até o

quarto que havíamos preparado para hóspedes ou visita de familiares.

Não que tivéssemos recebido alguém.

O que fazíamos à noite tornava meio difícil recebermos visitas. E minha mãe morava perto do campus com Mortus, então ela nunca teve um motivo para ficar.

Humm, parando para pensar, por estar a apenas duas portas do nosso, foi uma escolha ruim para quartos de hóspedes. Mas era um dos maiores, então fazia sentido usá-lo para esse fim.

Mas agora eu suspeitava que meus companheiros tinham outras intenções, o que fez meu coração acelerar com o *presente* que Cyrus e Exos tinham preparado para mim. Tentei não ter esperanças, dizendo a mim mesma que provavelmente não era o que eu pensava, mas o beijo sutil de Água no ar, um beijo que não estava lá esta manhã, fez todos os meus instintos explodirem à vida.

Alguém abriu a porta, e a aprovação surgiu através dos meus laços de companheiros, me deixando ainda mais ansiosa para ver.

— Posso tirar a venda? — perguntei, dilatando as narinas com o aroma sedutor de névoa e uma fragrância calmante que me lembrou do Reino do Espírito.

— Ainda não — Cyrus disse. A Água aqueceu meus braços nus, fazendo os pelos se arrepiarem como se estivessem eletrizados. Ele me guiou mais um passo à frente, então sussurrou: — Certo, agora.

Tirei a gravata de seda e ofeguei com o que vi diante de mim.

— Oh, Fae — eu disse, absorvendo a cena encantada do berçário fervilhando com Água e Magia do Espírito.

Uma borboleta roxa tocou minha bochecha, fazendo meus olhos vagarem para Exos. Ele sorriu, então gesticulou para a variedade de belas criaturas infundidas de Espírito que voavam por lá. Nada de fadas, apenas borboletas. Minhas preferidas.

Havia uma fonte no canto. A linda estrutura bombeava umidade e magia para o quarto com uma pequena bacia ao lado que seria boa para banhar um recém-nascido. Me aproximei para passar os dedos pelo jato quente, sorrindo com a sensação de calma fornecida pela própria fonte.

Além da fonte havia uma janela com uma vista deslumbrante das árvores brancas de Natal do meu companheiro de Terra.

Mas a peça mais elaborada estava encostada na parede.

Me aproximei do berço ornamentado com espirais azuis brilhantes. Toquei-o, esperando encontrar vidro, mas rocei os dedos em uma textura quente e suave que cedeu ligeiramente sob meu toque. Era diferente de qualquer material que eu já tinha visto.

— É uma construção mágica de Água, que é segura para a dentição — Cyrus explicou, apoiando a mão na parte inferior das minhas costas. — Eu pretendia comprar móveis humanos, mas quando a companheira de meu pai me mostrou a que a linhagem Real tinha acesso, combinado com nossa própria magia de aprimoramento, bem, eu soube que você ia adorar.

— Adorei mesmo — eu disse, passando os dedos sobre a linda obra de arte. Mordi o lábio quando senti o toque de uma mão em minha barriga. O toque de Cyrus se seguiu, e me aqueceu até o meu núcleo.

— Humm, mas acho que está faltando alguma coisa — Exos disse, coçando a mandíbula enquanto considerava o cômodo. — Acho que precisamos de um pouco de Terra.

Sol estudou o quarto, depois esfregou as mãos antes de criar uma cerejeira no canto oposto à fonte, acrescentando uma explosão de rosa ao quarto excessivamente azul.

Inspirei o cheiro, sentindo o coração acelerar em resposta.

— E talvez um pouco de Fogo — Exos adicionou.

— Deixa comigo — Titus disse, acrescentando brasas delicadas que flutuavam até o teto, capturando o calor como pequenas estrelas.

— E Ar — Cyrus murmurou, olhando para Vox.

O Fae do Ar sorriu, sua essência girando para envolver todo o lugar com uma música calmante que sussurrava ao vento, a melodia antiga fez meus olhos se fecharem em súbito cansaço.

É uma canção de ninar Faeling, ele explicou em minha mente. *Vai acalmar nosso pequeno.*

Está me acalmando agora, admiti.

Bom, ele respondeu. *Significa que está funcionando.*

— Este é... o quarto de bebê mais encantador que já vi — sussurrei, relaxando em Cyrus. — Obrigada.

Meu companheiro de Água me pegou no colo com facilidade, e apoiei a cabeça em seu ombro.

— Obrigado, Claire — ele respondeu, beijando minha têmpora. — Você ficou com a parte mais difícil. Estamos apenas tentando ajudar no que podemos.

Eu não tinha tanta certeza quanto a isso.

Não parecia tão difícil assim.

Na verdade, parecia um sonho. Um de que eu não queria mais acordar. Então fechei os olhos e deixei que ele me envolvesse.

Eu amo todos vocês, falei baixinho em suas mentes, bocejando. *Vou mostrar o quanto quando eu acordar.*

VOX

UMA SEMANA DEPOIS

HAVIA INGREDIENTES ESPALHADOS POR TODA A COZINHA.
Eu tinha tirado cada item dos armários e prateleiras para ver o que poderia fazer para Claire, algo que ela não acabasse colocando para fora depois de cinco minutos; ou, no caso da noite passada, antes mesmo de ter a chance de provar.

— Talvez eu devesse tentar um tipo diferente de pessegueiro — Sol sugeriu ao esfregar a nuca. Ele estava tão frustrado quanto eu com o último sintoma da gravidez da nossa companheira.

Estávamos encarregados do bem-estar dela, enquanto Titus lidava com a própria família, e Cyrus foi com Exos para fazer os arranjos finais para a reunião de hoje com os

Faes do Inferno, algo em que nenhum de nós estava muito interessado, especialmente agora.

Mais uma razão para Claire estar nutrida e no seu melhor. E eu tinha cerca de uma hora para fazer isso acontecer.

Levantei o saco restante de grãos que usei para fazer mingau, algo dolorosamente simples e sem graça, mas que talvez ela conseguisse manter no estômago. A tigela fumegava no balcão, esfriando enquanto a esperávamos acordar. Eu odiava dar algo tão insipido a minha companheira, mas nada mais tinha funcionado, e eu estava determinado fazer seu corpo ingerir nutrientes.

— Argh. Não vai dar certo — falei, batendo o pacote na bancada. Ele se abriu quando minha magia saiu do controle, de novo, fazendo tudo se espalhar sobre o balcão com uma poderosa rajada de vento.

Sol franziu a testa quando um pedaço de gordura de troll caiu no chão.

— Talvez devêssemos fazer um novo prato e dizer a ela que é uma comida humana popular? Funcionou da última vez, não foi? — ele perguntou, ao pisar na substância emborrachada. O chão tremeu em seu rastro. Ele arrancou a gordura do chão e a colocou de volta no balcão com um sorriso suave. — Ela come quando chamamos de bacon.

Revirei os olhos.

— Ela não vai cair nessa de novo. — Um gemido ecoou no vento que soprava pelo corredor, me avisando que Claire estava acordada. Eu me endireitei e peguei a tigela de mingau. — Você a acordou com sua pisada forte.

Sol me seguiu, ainda pisando forte, enquanto eu caminhava rapidamente com um passo mais leve, indo em direção ao quarto principal.

— Sim, tenho certeza de que o barulho de você

cozinhando não teve nada a ver com isso — ele murmurou de volta para mim.

— Sobre o que vocês estão discutindo? — Claire gemeu ao se remexer nos lençóis.

Fae, ela era linda, ainda mais agora com aquela curva sedutora na barriga. A camisola se agarrou ao corpo quando ela se moveu, revelando seios fartos com mamilos endurecendo por causa do vento frio que eu trouxe para o quarto. No mesmo instante, encontrei as correntes mais quentes do alto das vigas e comecei a baixá-las.

Ver Claire assim fez meu estômago revirar. A criança nasceria em cerca de quatro ou cinco semanas, e logo ela lutaria para acompanhar o crescimento acelerado do Faeling dentro de si.

— Não tão rápido — avisei quando ela tentou ficar de pé. Claire tropeçou, seu senso de equilíbrio parecendo falhar, provavelmente por falta de comida.

Ela se agarrou a mim.

— Oh — ela disse, sorrindo quando a peguei com facilidade. Usei um toque de vento para envolver correntes quentes ao redor de seu corpo, afastando o frio. Seus braços se arrepiaram antes de ela suspirar no abraço da minha magia.

Sol a segurou pelo cotovelo, firmando-a até que ela fez sinal para que nos afastássemos, determinada a ficar em pé sozinha.

— Parem com essa agitação toda. Eu posso andar muito bem.

Semicerrei os olhos quando ela voltou a oscilar.

— Você precisa manter suas forças — pontuei. Suas bochechas, uma vez coradas, agora estavam encovadas. Os cachos dourados estavam amassados depois de muito tempo rolando sobre o travesseiro e, quando ela se virou, vi as marcas de suas costelas através do vestido que se agarrava às suas costas. Os braços e pernas estavam muito magros, e eu não era o único preocupado por ela não estar recebendo os nutrientes de que precisava.

Ergui meu último esforço: mingau.

— Você pode comer?

Ela olhou o prato com cautela.

— Sem especiarias? — ela perguntou.

— Nenhuma.

Ela olhou para Sol.

— Sem frutas... nem gordura?

Ele sorriu.

— Nem fruta nem gordura — confirmou.

Claire pegou a tigela e se sentou na beirada da cama, encarando a comida.

— Sinto como se tivesse uma bola de boliche no estômago — ela murmurou.

Sorri, embora não tivesse ideia do que era isso.

— Aqui — eu disse, pegando a colher e lhe oferecendo um pouco. — Dê uma chance.

Ela soprou de leve, embora não fosse necessário. Usei tentáculos de ar para ter certeza de que estava na temperatura perfeita antes de chegar aos lábios dela. Ela comeu uma colherada, tentou engolir, então colocou a mão sobre a boca antes de fazer um som estrangulado.

Agarrei a tigela antes que Claire a jogasse no chão, e ela correu para o banheiro.

Suspirando, entreguei minha tentativa fracassada a Sol.

— Você poderia se livrar disso, por favor? E adicione mingau à lista de alimentos que ela não consegue comer.

Sol arqueou uma sobrancelha.

— Acho que a lista de coisas que ela *pode* comer seria bem menor.

— Quando encontrar algo, eu começo uma — respondi, de forma categórica, ao seguir Claire e tentar pensar em outra coisa que o estômago dela conseguisse segurar.

CLAIRE

— Onde vocês estão? — Titus chamou, sua voz ecoando no quarto.

Me inclinei em Vox para me apoiar enquanto segurava uma toalha na boca. Eu não gostava que meus companheiros me vissem nesse estado, mas cada um deles provou que estaria ao meu lado durante todo o processo.

Se os últimos dias não os havia feito desistir, então eu tinha certeza de que nada o faria.

— Estamos aqui — Vox respondeu, suas palavras carregando o vento enquanto ele afastava o cabelo do meu rosto molhado de suor. — Está se sentindo melhor? — ele perguntou, baixando a voz. Seus dedos continuaram a acariciar minha têmpora em círculos calmantes, aliviando a náusea constante.

— Um pouco — eu disse, embora não me sentisse

nada bem. A fome constante me corroía, mas eu não conseguia engolir nada dessa comida Fae. Eu não queria admitir para meus companheiros que poderia ser uma coisa cultural. Eu morava aqui há anos, mas meus instintos ansiavam por comida de casa, como pipoca com caramelo e carnes salgadas. Minha boca se encheu de água só de pensar nisso, e Vox não entendeu o gemido que saiu da minha boca.

— O que está doendo? — ele perguntou, passando as mãos por mim. — Devo buscar a Curandeira?

Agarrei suas mãos e beijei as pontas dos dedos.

— Vox, estou bem. Estou com fome, mas vou sobreviver.

Titus enfiou a cabeça no banheiro.

— Ei, ninguém me convidou para a festa no banheiro. — Ele passou os olhos por meu corpo, observando o vestido fino que pouco fazia para esconder minhas curvas ou seios. Seu olhar se demorou no último, apreciando a forma como meus mamilos protestaram por causa da brisa fresca que ele deixou entrar no cômodo quente.

— Achei que você estivesse ocupado com o Lance — Vox disse, com um tom irritado. Mas eu tive a sensação de que ele estava apenas com raiva de si mesmo por não conseguir encontrar algo para me dar para comer.

— Ele está mostrando aos nossos pais o Esquadrão do Fogo e também sua nova fileira de troféus de Campeão Sem Poder — Titus disse, mal escondendo o descontentamento com o sucesso do irmão mais novo. Os dois estavam sempre em desacordo. A óbvia preferência que os pais tinham por Lance não ajudava em nada, muito menos os comentários frequentes sobre a capacidade que o jovem tinha de controlar os poderes, uma alusão à única vez que Titus não conseguiu.

Qualquer outra pessoa ficaria infeliz por estar sempre sendo lembrada do próprio fracasso.

Mas não Titus.

Ele aceitou o passado há muito tempo, antes mesmo de nos conhecermos, e levava a vida do jeito que queria, sem se importar com o que os pais pensavam dele.

Eu o amava por isso. Também entendia, porque eu também já havia machucado aqueles com quem me importava por meio de uma inesperada explosão de poder.

Titus entrou no cômodo e passou os braços em volta do meu torso, correndo os dedos sobre minha barriga aumentada, escolhendo se concentrar em mim em vez de em suas brigas de família.

— Como você está se sentindo hoje, Claire?

— Ela está enfraquecida — Vox retrucou, não me dando a chance de responder. — Se você terminou de zanzar pelo campus, por que não me ajuda a encontrar algo para ela comer?

— Não briguem — suspirei, olhando para ele enquanto me soltava de suas mãos errantes. — Só vou tirar um cochilo.

— Um cochilo? — Titus repetiu. — Você não pode tirar um cochilo.

— Por que não? — perguntei, franzindo a testa.

Os dois me encararam por um momento.

— Você não se lembra? — Titus finalmente perguntou.

— A reunião que você marcou com os Faes do Inferno antes da votação final? — Vox explicou quando pisquei para os dois, confusa.

Inclinei a cabeça.

— Reunião? Vai ser no final da semana, não?

Titus e Vox trocaram um olhar antes de meu Fae de Fogo responder, com palavras pacientes e lentas:

— Já estamos no fim da semana, Claire.

O quê?!

Xingando, abri uma das gavetas e peguei uma escova de cabelo, passando-a em seguida pelos meus fios. Como se o estado físico da minha gravidez não fosse ruim o suficiente, essas porcarias de falhas de memória seriam a minha morte.

— Bem, tudo bem. Eu vou me recompor e... — Parei, procurando a escova de dentes. Com certeza precisaria dela.

— Tem certeza de que você está pronta para isso? — Vox perguntou, preocupado. — Podemos reagendar.

— Não. — Passei a escova por uma mecha rebelde, então a joguei no balcão e comecei a escovar os dentes.

Meus companheiros me observavam com desconforto, esperando que eu terminasse.

— Faz semanas que Cyrus está tentando me trazer um representante Fae do Inferno — eu disse, depois de cuspir um pouco da pasta de dente. — Quando conseguirmos nos encontrar com alguém novo, terei um bebê para cuidar.

O que seria a minha única prioridade.

Depois que o Faeling chegasse, a última coisa em que eu conseguiria me concentrar seria em forçar os Faes a trabalharem juntos. Não, eu deveria dar fim a esse assunto antes de me tornar mãe.

Além disso, para que tipo de mundo eu estaria trazendo meu bebê se não tivesse firmado as bases para um lugar como a Academia Fae Inter Reinos? Um lugar onde meu filho seria bem-vindo, enfim.

Não seria uma abominação.

Mas uma bênção.

Titus cruzou os braços.

— Ainda não gosto disso, Claire. Faes do Inferno são criaturas inconstantes na melhor das hipóteses e, bem, simplesmente um *inferno* quando estão infelizes. Eles não vão querer trabalhar conosco. Não depois do que os Faes fizeram com eles.

Ignorando-o, joguei água fria no rosto.

— Eles só são incompreendidos. Vou consertar essa situação. — Era uma das muitas razões pelas quais eu queria que a Academia Fae Inter Reinos existisse. Assim, nenhum dos Faes experimentaria os tormentos que os Faes do Inferno e outras abominações sofreram.

Assim que sequei a pele, Vox me entregou o corretivo que pedi a Cyrus que trouxesse para mim durante uma de suas viagens ao Reino Humano. Apliquei generosamente nas manchas escuras sob meus olhos.

Vox não disse nada enquanto Titus se apoiava na parede e me observava tentar esconder a evidência da minha exaustão.

— Um movimento em falso e vou queimar todos eles — ele disse, naquele seu tom sem humor.

— Sim, queime os Faes do Inferno. É uma ideia brilhante — Vox brincou. — Não é como se eles não tivessem lidado com fogo antes.

Titus franziu a testa.

— Então Cyrus os lançará no oceano e os afogará sob léguas de água. Eu não me importo como vai acontecer. Mas se eles mexerem com a Claire, estarão mortos. É tudo o que estou dizendo.

Vox prendeu os cabelos em um rabo de cavalo, como se estivesse se preparando para a luta.

— Concordo.

Com um suspiro, decidi que seria um milagre de Natal se esta reunião saísse remotamente conforme o planejado.

Falando em Natal…

— Ei, Titus? — perguntei, ficando na ponta dos pés para me inclinar no espelho e aplicar o blush. Se eu ficasse muito maior, teria que segurar a barriga para fazer isso. — Faes do Inferno gostam de presentes de Natal?

Titus não achou uma boa ideia, mas quem não gosta de presentes?

Fui em direção ao meu escritório com o presente na mão, embalado de forma meticulosa com meu melhor papel de embrulho prateado e arrematado com um laço brilhante. Graças a Titus, brasas cintilantes cravejavam a parte de fora, dando à embalagem uma aparência ardente de que achei que um Fae do Inferno fosse gostar.

Foi bom entrar no meu escritório, que Sol e Vox redecoraram à perfeição. As decorações outonais que haviam feito em outubro foram retiradas e, em seu lugar, havia uma linda árvore de Natal branca. Ela brotava do centro da sala. Uma criação viva, cortesia do meu companheiro da Terra. Estrelas cintilantes e brilhos dançavam em rotação ao redor do teto também, a corrente havia sido criada pela afinidade de Vox com o Ar.

Suspirei satisfeita. Porque parecia mesmo a verdadeira magia do Natal.

No entanto, uma coisa não combinava com a decoração festiva e invernal, e era a Fae do Inferno sentada na minha cadeira, com as pernas apoiadas na mesa.

Cyrus deu de ombros quando entrei.

— Foi a única maneira de mantê-la esperando.

— Está tudo bem — eu disse, sorrindo. Eu apagaria as marcas de queimadura da cadeira mais tarde. Eu tinha um Fae do Fogo como companheiro. Os estufados costumavam sofrer com frequência.

Todos os meus companheiros insistiram em participar

da reunião com a representante Fae do Inferno, e me cercaram como uma barreira protetora. No entanto, ela não parecia tão assustadora. O cabelo dela me lembrava do de um Fae do Fogo, mas era aí que as semelhanças terminavam.

Chifres se projetavam do brilhante cabelo cor de meia-noite, e um rosnado perturbador retumbava de seu peito enquanto ela balançava as botas de salto alto para tirá-las de cima da mesa. A fêmea olhou para mim, com olhos que cintilavam com um tom de vermelho de aparência sinistra, enquanto tamborilava dedos bem cuidados na madeira.

— Você está atrasada — ela afirmou com indiferença, mas havia ali uma leve pontada de aborrecimento. No entanto, eu suspeitava de que meu atraso não era a única coisa que a agitava.

Abri meu melhor sorriso e apoiei o presente na mesa. Estendi a mão.

— É um prazer conhecê-la. Eu sou a Claire. E seu nome é?

Ela olhou para minha mão por um momento, voltou a tamborilar a mesa e, em seguida, empurrou de lado o presente para o qual não deu a mínima ideia. Seu olhar caiu para minha barriga saliente que se projetava entre as camadas das minhas vestes do Conselho.

— O que é *isso*? — ela perguntou, erguendo o lábio em um esgar.

— *Isso* é o nosso filho — Cyrus respondeu, com uma pontada de advertência no tom. Gotas de Água se formaram no ar, um aviso de seu poder. — Seria sábio de sua parte demonstrar um pouco de respeito em nosso reino.

Em resposta à ameaça, listras vermelhas de poder derretido escorreram por seus braços e se contorceram em sua pele como uma entidade viva. Ela revirou os olhos, afastou-se da mesa e ficou de pé.

— E você seria sábio em não me tirar do meu por essa besteira. Achei que você tivesse dito que eu ia conhecer a Rainha das cinco fontes. Só vim aqui porque o Lúcifer está intrigado com a ingenuidade dela. — Ela cruzou os braços e franziu o cenho. — Então, em vez de tentar me aborrecer com cortesias, que tal irmos direto ao ponto e...

Uma labareda de calor fez todos nós pularmos. Eu estava tão focada na Fae do Inferno que não tinha notado seu roçar na árvore de Natal. O fogo do Inferno se espalhou pelos galhos delicados, acendendo-a como se fosse um palito de fósforo. A árvore rugiu com as chamas. Titus tentou detê-las, mas seu Elemento não funcionava contra o fogo estrangeiro.

— Cyrus! — ele gritou, me empurrando para fora do caminho do perigo. — Faça alguma coisa!

Faíscas de magia eletrificadas na ponta dos meus dedos e um chute forte me atingiu por dentro. Arquejei, percebendo que eu tinha acabado de sentir meu Faeling pela primeira vez, não por causa da excitação, mas por causa da angústia.

Cyrus encharcou a árvore com uma onda de Água, deixando o vapor embaçar a sala. O fedor de pinheiro queimado atingiu meu nariz. Meus olhos se encheram de lágrimas quando vi minha bela árvore queimada.

Sol logo veio para o meu lado.

— Não chore, florzinha.

Ele acariciou minha cabeça conforme meus gemidos se transformavam em soluços. Não fazia sentido eu ficar tão chateada por causa de uma árvore queimada, mas parecia uma metáfora para minha vida.

Não importava o quanto eu tentasse, tudo simplesmente pegava fogo.

Sempre foi assim. Minha primeira experiência com magia Fae me fez queimar um bar com meus amigos ainda dentro. Seria assim com a maternidade? Eu seria péssima com qualquer coisa que tentasse fazer? Mais pessoas morreriam porque eu não conseguia me controlar?

A dúvida só me fez chorar ainda mais, e eu não conseguia explicar para meus companheiros, que tentavam controlar a situação.

Sol me empurrou para as mãos de Cyrus.

— Resolva isso — ele exigiu enquanto ia até a árvore, fazendo uma exibição excessiva de magia, forçando os galhos a se torcerem e mudarem enquanto ele a trazia de volta à vida.

Vox o ajudou, limpando as cinzas no chão, conforme a árvore revivida tomava forma. Exos segurou o braço da Fae do Inferno e a puxou de lado antes que ela pudesse queimar qualquer outra coisa. Ela rosnou para ele, o que teria sido cômico se eu não estivesse segurando Cyrus como uma louca histérica, chorando por causa de uma árvore que Sol já estava revivendo.

Está tudo bem, pequena rainha. Ele está consertando tudo. Ele roçou os lábios na minha têmpora. *Shhh, tudo bem.*

Suas palavras só me fizeram chorar mais.

Então Sol terminou, e a árvore ficou mais cheia, maior e ainda mais bonita do que antes. Os galhos excepcionais de folhas brancas roçavam o teto enquanto Vox fazia purpurina e brilhos dançarem ao redor dela. Titus estalou os dedos, criando um delicado brilho azul para iluminar o topo.

E meus soluços ficaram mais fortes.

Era tão fofa e era tudo tão, *tão* bonito. Meus companheiros faziam qualquer coisa para me fazer feliz, mesmo que fosse algo frívolo como consertar uma árvore de Natal.

E ah, eu não os merecia.

Nem nada disso.

Eu não conseguia nem comer um mingau direito!

A Fae do Inferno me olhou boquiaberta, antes de encarar Exos. Eu o vi murmurar:

— Hormônios da gravidez.

E ela sorriu.

Eu deveria ficar com raiva, mas não me importei. Sabia que estava sendo irracionalmente emotiva. Mas o que eles esperavam? Eu estava em uma gestão que duraria nove *semanas*. Não meses. *Semanas.*

— Por que você ainda está chorando, florzinha? — Sol perguntou, voltando para limpar minhas lágrimas conforme eu me agarrava a Cyrus como se ele fosse uma tábua de salvação.

— É tão *lindo* — eu disse, sorrindo enquanto as lágrimas continuavam a cair, mas desta vez de felicidade. — Obrigada. — Então olhei para Cyrus. — Nove *semanas.* Como você esperava que eu fizesse isso em *nove semanas*?

Ele piscou.

— Claire...

— Não, a culpa é sua! — Apontei para minha barriga, então derreti quando o pequeno Faeling chutou novamente. — Ah, meu Fae, é tão fofo. Você sentiu?

— Senti — Cyrus respondeu com a palma da mão na minha barriga, e seus lábios se curvaram. — Faça de novo — ele encorajou, com um tom admirado na voz.

Eu relaxei nele, contente.

Então a Fae do Inferno se engasgou, arruinando o momento.

— Sério, é por isso que nossa espécie faz os nossos Cães de Caça do Inferno criarem os Faelings para fortalecê-los. Quem tem tempo para essa merda?

Cyrus semicerrou os olhos.

— Se você já terminou de perturbar nossa companheira, nós trouxemos você aqui para discutir os planos da Academia Fae Inter Reinos. Você é a procuradora do voto de Lúcifer, correto?

Ela revirou os olhos.

— Sim, mas não. Não estou interessada. Se ele quiser trabalhar com vocês, lunáticos, pode vir aqui e votar por conta própria. — Ela saiu correndo da sala. Vox seguiu seus movimentos com uma rajada de vento para evitar que o Fogo do inferno voltasse a queimar qualquer uma das decorações festivas.

Exos suspirou.

— Eu vou atrás dela.

Cyrus me guiou para os braços de seu irmão com relutância.

— Não, era obrigação minha conseguir o voto Fae do Inferno, e eu estraguei tudo. Eu resolvo isso. — Ele apoiou a mão na minha barriga, sorrindo quando o Faeling chutou de novo. — Você está fazendo um ótimo trabalho, Claire. Não chore e não se estresse. Vou garantir que os Faes do Inferno apoiem o projeto.

Fungando, eu assenti. Cyrus me deu um beijo rápido antes de seguir o cheiro de árvore de Natal queimada para fora da sala.

TITUS

— Alguma coisa não está certa. — Mantive a voz baixa, não querendo acordar Claire no outro quarto. Sol ficou com ela, porque ele era o mais barulhento de todos nós. O que significava que os ouviríamos se ela decidisse acordar.

Ele sabia o que planejamos discutir aqui.

Estava pesando em nossa mente: a recusa de Claire em comer e seu estranho relacionamento com os Elementos.

— Quando foi a última vez que alguém a viu usar um Elemento? — Exos perguntou, com os braços cruzados.

Todos concordamos que suas reações no escritório com a Fae Inferno foram bem estranhas. Ela reagiu como uma Faeling indefesa, não uma rainha. E, embora pudéssemos usar a gravidez como justificativa e dizer não queria colocar a criança em risco, todos também sentimos a desconexão em sua falta de ação.

O que aconteceu com nossa Fae que liquidou uma abominação perigosa através do reino do Espírito? Uma Fae do Inferno não deveria assustá-la. Quero dizer, claro, eles eram aterrorizantes pra caramba, mas a que esteve no escritório mal levantou um dedo, e Claire murchou como uma flor chorona.

Exos achava que eram hormônios.

Talvez ele estivesse certo.

Mas isso não explicava os outros eventos nem o fato de ela não conseguia comer nada do que lhe dávamos.

— Faz um tempo — Vox disse. — Na época da consumação.

Assenti.

— Passei a maior parte do tempo com ela ultimamente, enquanto vocês estão lidando com outras coisas. E ela não usou seus Elementos. Nem para secar o cabelo.

— Pode ser a Fae da Água nela assumindo — Cyrus disse, soando pensativo, não arrogante. — A maioria da minha espécie prefere cabelos molhados por razões óbvias.

— Certo. — Eu poderia concordar com ele nisso. — Mas ela está evitando o Fogo. Ela afirma que é por razões de segurança, mas desde quando ela teme as chamas?

— Ela também não está usando o Ar para se estabilizar quando sobe em escadas — Vox acrescentou.

— Ela não deveria subir em escada nenhuma — Cyrus lembrou a ele, seu aborrecimento era palpável.

— Sim, sim — Exos respondeu, acenando para ele. — Mas o ponto mais importante é que ela não está usando seus Elementos.

— Nem comendo — Vox murmurou. — Tentei dar mingau para ela hoje, e nem isso ela conseguiu ingerir. —

Ele levou a mão à nuca e soltou um suspiro. — Sol sugeriu que fingíssemos que a comida fosse humana, mas acho que deveríamos tentar comida humana de verdade. Já perdemos o tal do feriado do Dia de Graças, que foi esta semana. Não consegui encontrar uma ave, ou qualquer outra coisa de que precisaríamos, e River disse que estava muito em cima da hora para ele conseguir reunir os ingredientes, que eu deveria ter falado antes. Além disso, eu nem tinha certeza de que ela ia comer.

— Um peru — Exos corrigiu. — Que é um tipo de ave, mas no Dia de Ação de Graças, que é o nome do feriado, se come peru. E nós provavelmente deveríamos ter feito um para ela.

— Talvez precisemos levá-la para casa — Cyrus interveio. — Para o Natal.

Franzi o cenho.

— Hum, ela já está em casa. — A menos que ele quisesse dizer o Reino da Água? — Ela está comendo no palácio?

— Não, não a casa Elemental — ele respondeu. — A casa *dela*. No Reino Humano.

— Ohio — Exos murmurou, com expressão pensativa. — Levaria algum tempo para organizar, mas talvez fosse o que ela precisa. Embora seu lado Fae seja dominante, ela ainda é meio humana.

— Você consegue fazer os arranjos? — Cyrus perguntou.

Exos assentiu.

— Sim, a maioria dos Faes na minha lista já concordou com a Academia. O único reino que não concordou ainda é o Fae do Inferno.

Cyrus gemeu.

— Nem me lembre. Esses filhos da puta serão a minha morte.

— Nós precisamos mesmos de que eles concordem? — Vox perguntou, parecendo cauteloso.

— Em teoria, não — Exos respondeu. — Mas a Claire quer que eles estejam envolvidos. Você sabe a opinião dela sobre eles se sentirem bem-vindos.

Sim, todos nós sabíamos. Ela tinha essa noção equivocada de que os Faes do Inferno precisavam estar envolvidos para tentar reconciliar o passado. Por serem um reino de abominações, eram exatamente o tipo de Fae que ela estava tentando ajudar com a iniciativa.

O que ela não percebeu foi que não havia como ajudar os Faes do Inferno. Eles desenvolveram a própria maneira de existir séculos atrás, e não importa o quanto os bajulássemos, o tempo não voltaria atrás. Nem mesmo com a ajuda de um Paradoxo Fae.

Soltei um suspiro.

— Certo. Então vamos planejar uma viagem ao Reino Humano. É onde queremos estar para a fase três?

Cyrus olhou para Exos.

— Vamos precisar de uma cama grande se fizermos isso.

— Funcionou na Islândia — ele ressaltou. — Tenho certeza de que posso encontrar alguma coisa em Ohio.

— Vamos precisar de espaço também — Vox avisou. — Ela está conectada a todos os cinco Elementos. Não temos ideia do que isso vai provocar quando ela entrar na fase final.

— Ela deve ter acesso principalmente a Água, já que a criança está ligada ao nosso Elemento compartilhado — Cyrus disse. — Mas também sou metade Fae do Espírito. E como você disse, ela tem todos os cinco Elementos.

— Supondo que ela ainda tenha acesso a eles — murmurei.

— Se ela não tiver, terá no futuro — Exos respondeu.

— Não é incomum que o Faeling absorva da fonte enquanto está no útero. No entanto, ela não comentou nada.

— Você conhece a Claire. Ela quer fazer tudo sozinha.

— E isso me deixava louco. — Precisamos ficar de olho nela.

Exos sorriu.

— Como se já não estivéssemos fazendo isso.

— Você sabe o que quero dizer — murmurei, passando os dedos pelo meu cabelo ruivo que estava se projetando para todos os lados hoje, graças a essa reunião com a Fae do Inferno. Que aquela Fae do Inferno se danasse. O que ela estava pensando ao incendiar a árvore de Natal? Argh.

— Sim, eu sei — Cyrus disse em voz baixa. — Precisamos ser mais cautelosos. Se ela não pode acessar seus Elementos, não pode se proteger adequadamente.

— Isso será um problema no Reino Humano? — Vox perguntou. — Levá-la para um lugar novo quando ela não pode se proteger pode ser uma má ideia.

— Sim, mas é o que ela conhece — Exos lembrou a todos nós. — Ela vai se sentir segura lá. E espero que ela coma.

— Precisamos decorar o lugar. — Claire estava obcecada com as cores natalinas e itens sazonais. — Isso pode ser feito antes de irmos?

— Ela pode querer se envolver — Cyrus observou. — Talvez devêssemos esperar e apenas deixar tudo pronto para ela?

Exos assentiu.

— Vamos ver o que posso fazer primeiro, depois seguimos a partir daí. Você se concentra no Fae do Inferno. Titus, continue monitorando a Claire. Vox, veja se o River pode sugerir algum remédio humano. E diga ao

Sol para procurar mais árvores frutíferas. Vou organizar para viajarmos durante o solstício.

Isso nos ajudaria com relação ao trabalho. Conforme estava, eu já havia delegado vários de meus cursos para Lance, pois precisava fazer de Claire uma prioridade. Mas Vox não tinha com quem dividir sua carga horária, nem Sol. Cyrus e Exos tinham o benefício de serem seus próprios chefes, então eles podiam fazer o que quisessem.

— Certo, acho que estamos prontos, então — Cyrus disse. — Vou fazer arranjos para uma visita ao submundo, já que essa parece ser a única maneira de chegar ao Lúcifer.

Exos lhe lançou um olhar inquieto.

— Tem certeza de que quer fazer isso?

— Não quero fazer isso de jeito nenhum, mas, pela Claire, eu tenho que tentar — ele respondeu. — Oh, ainda precisamos rastrear algum Fae Metamorfo?

Exos balançou a cabeça.

— A maioria concordou, então o acordo está feito. Kalt fechou com os Faes do Inverno. A Aflora já ajudou com os Faes da Meia-Noite. O mesmo com a Gina e os Faes Fortuna. E a maioria das outras espécies também concordou. Então só falta mesmo os Faes do Inferno.

Cyrus fez careta.

— Excelente. Bem, desejem-me sorte. Vou precisar.

— Tente não se queimar — eu disse o que era minha versão de *boa sorte*.

O Fae da Água bufou.

— Obrigado, Vaga-lume.

Revirei os olhos.

— Eu odeio esse apelido.

— É por isso que vou usá-lo para sempre.

— E eu sempre vou te chamar de Idiota Real — retruquei.

— Um dia desses, vai ser exatamente o que você vai gritar enquanto eu te como.

— Vai sonhando — rebati.

— Toda noite — ele concordou, sorrindo para mim. Em seguida, saiu da sala sem outra palavra. Típico de Cyrus.

— Você pode encontrar o River para mim? — Vox perguntou.

Concordei.

— Sim, vou ver se ele está pelo Esquadrão da Água. — Ele agora era professor de estudos humanos, mas passava a maior parte do tempo com sua espécie. — Volto em breve.

— Obrigado, Titus — Vox disse, deixando a exaustão transparecer na voz. Ele estava dormindo tão mal quanto Claire estava comendo.

— Nós vamos dar um jeito nisso — eu disse a ele.

— Espero que sim — ele respondeu baixinho. — Espero mesmo.

CLAIRE

UMA SEMANA DEPOIS

TODOS OS DIAS, EU PERGUNTAVA SOBRE OS FAES DO Inferno.

E, todos os dias, Cyrus me assegurava de que eu não tinha nada com que me preocupar.

Não acreditei nele, mas também não queria me angustiar. Por mais que o voto importasse, a vida que crescia dentro de mim tinha precedência. Eu não conseguia me livrar da urgência que eu sentia de que precisava me preparar e relaxar. Muito em breve, estaríamos todos ocupados com um pequeno Faeling precisando de nosso amor e atenção.

— O que você está fazendo? — perguntei. Meus companheiros me guiaram para longe da direção que eu pretendia tomar para ir para o escritório e me levaram para terrenos neutros no centro do campus.

— Você vai ver — Cyrus respondeu de forma enigmática.

Fiz careta. Normalmente, só nos aventurávamos aqui para treinar no ginásio ou abrir o portal para o Reino Humano. Meu estado físico atual confirmou que o primeiro estava fora de questão, e o último só faria sentido se estivéssemos indo para a área do Conselho Fae Inter Reinos para a votação, o que só seria daqui a algumas semanas.

Um emissário esperava por nós quando chegamos. Exos o cumprimentou pelo nome, entregando-lhe pagamento em troca de um lindo casaco forrado de pelo.

— Você vai precisar disso — ele disse para mim, com um sorriso irônico quando me entregou o presente. — Vamos experimentar, sim?

— Não vou sentir calor? — perguntei, semicerrando os olhos para ele.

Os olhos dele brilharam.

— Não confia em nós, princesa?

— Talvez eu confiasse se me dissesse para onde estamos indo — falei enquanto permitia que ele envolvesse o casaco incrivelmente macio em volta dos meus ombros.

Devia ter custado uma fortuna. Porque o emissário era do Reino Humano. Era o mesmo que trazia a Exos e Cyrus seus ternos sob medida. No entanto, quando o casaco me envolveu em um calor sufocante, me perguntei se ele estava tentando arrancar alguma verdade de mim.

— Paciência — Exos murmurou, usando sua frase favorita.

— Você vai adorar, Claire — Vox prometeu, segurando meus dedos para beijá-los.

— Não estrague a surpresa — Sol avisou, então franziu

a testa para o meu ritmo letárgico. — Você está bem, Claire? Quer que eu te carregue?

Olhei para minhas botas, ciente de que elas escondiam meus pés inchados.

Parecia que meu corpo tinha dobrado de tamanho na última semana. Eu não estava exatamente enorme, apenas, bem, muito maior do que costumava ser. E...

— Estou cansada — admiti em voz alta. — E faminta. E agora estou com calor. — O último comentário foi para Exos.

Gritei quando Sol me pegou no colo sem nem avisar, me fazendo rir ao envolver os braços ao redor de seu pescoço. Ele sorriu para mim, seus olhos de Terra brilhavam travessos.

Sério, o que meus companheiros estavam fazendo?

— Você está *mais* do que cansada — Exos disse, abrindo a porta para a câmara de viagem do reino. — Você está exausta, e é por isso que estamos ordenando que você saia de licença maternidade, começando agora.

Cyrus e Vox esconderam as orelhas pontudas com os cabelos, enquanto Sol, Titus e Exos colocaram chapéus. Cyrus me deu um beijo enquanto colocava meu cabelo em volta das minhas orelhas também.

Certo, eu estava intrigada.

Meus olhos se iluminaram quando Sol me carregou e Vox ligou o portal, ativando uma sequência de botões que fez ecoar uma música de Natal quando a máquina se conectou ao destino.

Reconheci a melodia no mesmo instante, porque ouvi as mesmas canções enquanto crescia.

Casa. Elas me lembram de casa.

Arqueei as sobrancelhas.

— Nós vamos...? — Não consegui terminar a declaração esperançosa, enquanto meu coração batia uma melodia caótica no peito, que me lembrou daquela famosa canção sobre sinos.

— Nós achamos que sabemos por que você não está se sentindo bem, pequena rainha — Cyrus disse, mantendo o tom baixo, enquanto a música de Natal permanecia no ar. A atmosfera zumbia enquanto o mundo ao nosso redor se distorcia, a transição suave do reino ocorrendo em um dos dispositivos de transportes mais seguros construídos pelos Faes Fortuna.

— Qual é a teoria de vocês? — perguntei, com um sorriso se insinuando em meus lábios, enquanto eu esperava a viagem terminar para poder ver exatamente para onde estávamos indo. Fazia séculos que eu não voltava para minha cidade natal. Eu quase podia sentir o gosto do chocolate quente de minha infância. Embora, minha infância tenha sido muitas vezes solitária.

Sol me moveu em seus braços, mantendo minha barriga apoiada confortavelmente em seu peito, e Cyrus se inclinou e deu um beijo em meus lábios. Sua magia de Água formigava em mim, me assegurando de que eu não estaria sozinha esse ano.

— Você é meio Fae — os olhos azuis de Cyrus brilharam com magia —, mas também é meio humana. E achamos que você pode estar precisando de algumas indulgências humanas. E é exatamente isso que vamos dar a você.

Meus lábios se curvaram.

— Acho que você pode estar certo. Tenho desejado comida humana...

— Por que você não nos contou? — Vox perguntou, suas íris com bordas prateadas cintilaram com uma mistura de emoções. — Eu teria tentado, Claire.

— Eu sei. Mas vocês têm feito tanto... eu não queria pedir... é... eu tenho estado bem.

Sol grunhiu ao ouvir isso.

— *Bem* não é a palavra que eu usaria, Claire.

— Você deveria ter nos contado — Vox acrescentou.

— Ela está nos contando agora — Exos interveio. — É o que importa. — Ele se inclinou para dar um beijo na minha testa.

Meu coração acelerou em resposta. *Obrigada*, eu disse a ele.

Ele sorriu para mim. *Tudo por você, linda.*

Isso é exatamente do que eu preciso, afirmei. *Casa.*

Eu amava meu lar Fae. Adorava tudo no mundo deles, mas, com uma criança a caminho, uma espécie de nostalgia tomou conta do meu coração e não me deixou.

Eu queria que meu filho soubesse tudo o que havia para saber sobre o mundo. Não apenas sobre o reino Fae, mas sobre o lugar de que eu vinha também. Os humanos tinham um lado bom, um que eu tinha desfrutado antes do meu universo implodir. Meu filho seria um quarto humano, e essa era uma parte do nosso vínculo que eu queria compartilhar.

A sala estremeceu quando chegamos ao Reino Humano, as portas se abriram para uma rua movimentada a apenas alguns quarteirões de onde cresci. *Oh!* Sorri para mim mesma. *Tudo está do jeito de que eu me lembro.*

Dei um suspiro de prazer quando Sol me levou para o ar livre e um floco de neve pousou em meus lábios.

Inverno.

Não apenas do tipo falso, com minhas tentativas de algodão flexível espalhado pelo meu escritório. A neve real caiu em flocos ao meu redor, me fazendo sentir como se tivesse entrado no centro de um globo de neve.

Era *disso* que eu estava sentindo falta.

O frio me envolveu com seu abraço bem-vindo, e o

casaco que Exos me deu foi muito eficiente em me manter aquecida. Enfiei o queixo na borda de pele e sorri.

Grupos de coral de Natal passeavam pela rua, suas canções destacando o ambiente festivo. Tive vontade de dançar e cantar junto com eles.

— Ah, Sol, me coloque no chão — implorei.

Ele me soltou, mas não sem uma carranca de advertência.

— Se você tropeçar, vou te pegar de novo.

Prometi a ele que ficaria bem enquanto abria caminho pela neve, agora grata pelas botas que Cyrus insistiu que eu colocasse mais cedo. Elas não eram práticas no reino Fae Elemental, mas agora entendi por que ele quis que eu as usasse.

— Sua surpresa é por aqui — Cyrus disse, com um sorriso.

— Esta não é a surpresa? — perguntei, com os olhos arregalados. Apenas estar aqui significava muito para mim.

Titus revirou os olhos como se minha pergunta o insultasse.

— Por favor. Você acha que apenas um salto de reino era tudo o que tínhamos em mente? — Ele segurou minha mão e me guiou pela rua, ignorando os humanos que olhavam para nós. Enquanto meus Faes tecnicamente podiam se misturar, eles não conseguiam esconder o quanto eram sobrenaturais e incrivelmente lindos.

— Eles estão olhando para você, não para nós — Cyrus me corrigiu, ouvindo a direção que meus pensamentos tinham seguido.

O canto da minha boca se ergueu em um sorriso irônico.

— Porque estou começando a parecer uma bola de neve com essa barriga? — perguntei. — Estou dolorosamente ciente do quanto estou ficando grande. Todos vocês foram gentis ao não comentar.

Cyrus apoiou a mão na minha barriga, seu amor se infiltrando em mim junto com sua magia.

— Todo mundo está te observando porque você está radiante, Claire.

Através dos vínculos de companheiro, senti que todos concordavam, me assegurando que eu não era o *marshmallow* ambulante que eu imaginava ser. Para meus companheiros, eu era a imagem da beleza e da fertilidade. Esse pensamento me fez erguer o queixo com orgulho.

Quando passamos pelas ruas principais do centro da cidade, seguindo para a área mais rural, poças se formavam onde haviam jogado sal grosso, algo que havia esquecido sobre minha cidade natal.

Sol estendeu a mão, me parando antes que eu pisasse em uma das poças por acidente. Então ele olhou para um carro que bloqueava o terreno mais alto e inspirou, agarrou-o por baixo e o levantou sobre a cabeça.

— Sol! — gritei enquanto Cyrus esfregava as têmporas.

Meu companheiro de Terra piscou para mim.

— O que foi?

Vox olhou ao redor antes de enviar uma rajada de magia de vento para empurrar o carro do ombro de Sol. Parecia que ia cair no chão, mas Cyrus colocou uma camada de neve por baixo para amortecer a queda.

Exos deu um tapinha no ombro de Sol, meu companheiro Fae da Terra ainda estava confuso quanto ao que tinha acabado de acontecer.

— Existem regras no Reino Humano — Exos explicou, suas palavras soaram com um tom mais paciente do que eu tinha agora. A última coisa que eu queria era que as leis entre os reinos fossem quebradas quando eu estivesse prestes a dar à luz.

As consequências eram terríveis: uma medida necessária para evitar que os Faes se revelassem para espécies não Faes.

O Reino Humano era uma das últimas zonas neutras restantes. Assim, os Faes valorizavam os humanos de várias maneiras, e muitos desses benefícios estariam em perigo se os não Faes descobrissem como eles estavam sendo usados.

Era um pouco estranho pensar assim, já que eu costumava ser humana. Bem, eu não era verdadeiramente humana. Mas metade humana e inconsciente da minha herança.

De qualquer forma, a linha de pensamento era tão natural agora, sendo que costumava ser bem estranha.

Mas talvez não se deveria tirar vantagem dos humanos, então...

Relaxe, Cyrus exigiu em meus pensamentos, a palavra era uma ordem. *Você está aqui para descansar, não para inventar mais esquemas políticos.*

Eu olhei para ele.

— Estou relaxada — respondi em voz alta, e atravessei a poça. Eu poderia descansar e planejar ao mesmo tempo.

Cyrus afastou a poça para longe dos meus passos, lançando-a como um mini maremoto que congelou em lindos arcos.

Revirei os olhos.

— Agora, quem está arriscando quebrar as leis entre reinos?

— Não há ninguém por perto — ele disse, com a voz alegre, enquanto guiava nosso pequeno grupo ao virar da esquina. — Por isso escolhemos esse lugar. Queremos vocês só para nós.

Engoli em seco quando percebi o que ele queria dizer.

Uma casinha bonita ficava no final de uma longa trilha de neve. Havia um milharal com fileiras muito bem-organizadas atrás dela.

— Você gostou? — Cyrus perguntou.

Meus olhos se encheram de lágrimas, que caíram sobre minhas bochechas. Funguei e as sequei com as costas da mão, mas elas continuaram caindo e encharcaram o forro de pele do meu casaco.

— Ah, Cyrus, todos vocês. Sim! Sim, claro que adorei.

— Ela está chorando de novo — Sol apontou, parecendo angustiado. — Não gosto quando você chora, florzinha.

— Estou bem — prometi, encaixando a mão na dele e dando um aperto. — Sério. São lágrimas de felicidade.

Meus companheiros estavam ao meu redor como se fossem uma barreira protetora, bloqueando o vento forte que passava pela área aberta. Cyrus não parecia convencido de que eu estava bem; ele também não gostou das minhas lágrimas, mas não me repreendeu por isso, e todos nós caminhamos até o chalé.

Parecia certo.

Um salto dentro da minha barriga concordou, fazendo novas lágrimas surgirem quando percebi que as primeiras coisas que meu Faeling experimentaria seriam todas as coisas da minha terra que eu amava.

SOL

Alguns dias depois

Ergui o estranho cone de folhas que Claire tinha me dado. Ela alegou que ensinaria Vox a cozinhá-lo, mas não parecia comestível.

— Como isso se chama mesmo? — perguntei, testando com os dentes. Ele cedeu com uma mordida forte.

— Sol! — Claire gritou, agarrando meu braço e arrancando o cone de folhas do meu aperto. Ela retornou para o banco que trouxemos para a cozinha, para que ela pudesse ficar sentada enquanto nos mostrava comida humana. — Precisa descascar primeiro — ela instruiu enquanto arrancava um dos lados, revelando uma textura estranha, amarelada e pedregosa por baixo.

Ergui um canto da boca.

— Ficava mais bonito no formato de cone frondoso.

Claire riu para mim.

— É milho, bobo — ela disse enquanto pegava uma barra branca e oleosa na geladeira, e passava sobre o *milho*.

Arqueei uma sobrancelha e olhei para Vox, que apenas deu de ombros.

— Então, isso é *milhoca*? — perguntei, olhando por cima do ombro dela. — Você mencionou algo sobre petiscar esse negócio. — Eu gostava de petiscos.

Ela apontou para a vasilha no balcão.

— Não. Aquele na lata é o de *pipoca*. — Ela mordeu o lábio. — Espero que esteja fresca. Sei que você acabou de comprar, mas pode verificar a data na parte inferior, Vox?

Ele fez o que pedi, pegando a vasilha e espiando por baixo dela.

— Vejo alguns números rabiscados.

Claire perguntou sobre os dois últimos, que ela disse que indicavam o ano, e determinou que seria seguro comer.

Curioso para saber qual seria o sabor dessa *milhoca*, deixei Claire besuntando seu cone de pedrinhas amarelas com a barra branca e fui abrir a lata e para mastigar um punhado da coisa. Desta vez, o meu grunhido foi ainda mais alto, mas o sabor era satisfatório.

— Não, Sol. — Claire se engasgou com uma risada, quase caindo sobre o banco enquanto tentava se levantar. Ela segurou o ventre, seus instintos parecendo proteger o bebê do balcão próximo. — Você deveria estourá-la, primeiro.

— Vou me certificar de que ele não coma mais nenhum dos seus ingredientes — Vox prometeu, guiando-a de volta para o assento antes de me olhar feio.

— Como eu deveria saber? Eu nem entendo o que são essas coisas — reclamei.

— Pare de estressá-la, sua montanha andante — ele murmurou. — Você está estragando tudo.

— Não estou — resmunguei de volta, ganhando um olhar curioso de Claire.

— Claro que não está — ela disse, sorrindo com animação. — Pode encher essa panela de água, Vox? As espigas estão prontas para ferver.

Vox me olhou feio mais uma vez antes de enfiar uma panela debaixo da torneira e enchê-la.

— Isso é para ferver os palitos de milho? E então precisaremos de outra panela para os que são de estourar?

Ela riu, mas eu não sabia do que ela estava achando graça.

— Isso.

Cruzei as mãos na frente do corpo e fiquei no canto, resistindo à vontade de comer mais pipoca crua. Tinha um gosto muito bom. Não tenho certeza da razão para precisar estourar.

Eu me distraí enquanto Vox e Claire trabalhavam, e comecei a prestar atenção em Cyrus e Exos discutindo ao fundo, falando sobre os Faes do Inferno, com Titus acrescentando suas opiniões em voz alta, com as quais eu concordava.

Mesmo que eles tivessem Faes suficiente para apoiar o voto da Academia Fae Inter Reinos, Cyrus insistia que o apoio dos Faes do Inferno era necessário. Eu entendi o porquê: para deixar Claire feliz. Mas ela não entendia o quanto aqueles Faes podiam ser horríveis. Eles sequestravam suas companheiras em potencial e as forçaram a uma competição mortal entre si. Como Claire poderia querer se envolver com seres assim?

Eu podia não entender todos os meandros da política inter-reinos, como Cyrus e Exos entendiam, mas até eu sabia que era furada. Eu não tinha interesse em trabalhar com criaturas como eles e preferia esmagar a cara deles por fazer nossa companheira chorar.

Mas Claire tinha um coração de ouro.

E era isso que ela queria.

Daí o debate na outra sala.

Franzi o nariz quando senti o cheiro de algo queimando. Virei-me para descobrir que as cascas das folhas que haviam sido descascadas estavam muito perto das bobinas quentes e agora estavam pegando fogo. Minha companheira era do tipo desajeitado, mas poderosa em seus Elementos, então não pulei para resgatá-la.

Só que ela não usou a magia de Fogo e, em vez disso, ela gritou de dor.

Corri para o seu lado, derrubando os móveis da sala de jantar que estavam na minha frente.

— Claire! — Vox gritou, usando magia de vento para baixar as chamas até elas quase apagarem.

Claire sibilou e tropeçou em mim, segurando o braço enquanto manchas vermelhas riscavam sua pele.

Eu pisquei. *Isso a queimou?*

Como era possível? Ela tinha acesso a todos os Elementos. Chamas brincavam sobre sua pele o tempo todo.

Meu peito começou a queimar, meus pulmões se recusavam a funcionar. Pânico, reconheci. Eu estava... em pânico.

Merda!

O resto do nosso círculo de companheiros praticamente correu para a cozinha, tendo ouvido a comoção.

— O que há de errado? — Cyrus perguntou, seu tom autoritário exigia respostas. Ele correu para o lado de Claire e viu o dano por si mesmo. Ele olhou para mim como se eu fosse o culpado. — Como foi que isso aconteceu?

Abri a boca para falar, mas nenhuma palavra saiu. Não agi, o que foi a causa para Claire se machucar.

— Foi... foi minha culpa — consegui gaguejar, sentindo meu coração rachar no meu peito. *Eu falhei com minha companheira.*

— Não é culpa de ninguém — Claire interrompeu. — Bem, na verdade, é minha. — Ela sibilou quando Cyrus colocou água morna sobre a queimadura, então relaxou quando a pele começou a se curar com magia através de qual fosse o vodu real que ele usou para ajudá-la.

Titus franziu a testa.

— Você precisa de uma Curandeira, Claire.

Ela balançou a cabeça enquanto novas lágrimas caíam, fazendo meu estômago se contorcer em agonia junto com ela.

— Claire...

— Não quero voltar tão cedo — ela disse, me cortando. — Estamos aqui há apenas alguns dias e...

— Por que você não usou sua magia? — Titus perguntou, seu tom mais brusco que o habitual. Ele nunca interrompia Claire, mas a raiva em seu olhar queimava como brasas. No entanto, não parecia ser tanto por ela quanto por si mesmo. Foi o Elemento dele que a machucou, e ele não estava cuidando dela quando isso aconteceu.

Algo com que eu me identificava.

Ela mordeu o lábio, então olhou para baixo.

— O que houve, florzinha? — pressionei, segurando seu queixo e erguendo seu olhar para mim.

Ela me encarou com resignação.

— Meus poderes... — ela começou, então as lágrimas voltaram. Ela fungou e se endireitou, como se estivesse determinada a não chorar. — Não há nada de errado. Eu saberia se algo estivesse. Eu não queria deixar vocês preocupados, eu só...

— Você está divagando — Exos disse, cruzando os braços. — Comece do começo, Claire. O que há de errado com seus poderes? Eles não estão funcionando, certo?

— Não estão funcionando? — repeti.

— Conversamos sobre essa possibilidade algumas noites antes de partirmos para o Reino Humano — Titus explicou. — Mas acho que isso é prova suficiente.

— Você suspeitou que os Elementos dela não estavam funcionando e não me contou? — Meus olhos se arregalaram. — Que merda é essa, Titus?

— Você estava com Claire quando abordamos o assunto — Vox murmurou. — E então eu me esqueci de te contar. Ficamos tão ocupados com a viagem que... — Ele parou, suas íris pretas de bordas prateadas encontraram as minhas. — Desculpe, Sol. Eu estava distraído.

— Todos nós estamos — Exos murmurou, olhando para uma Claire trêmula. — Quando você perdeu o acesso aos seus Elementos?

— E-eu não consigo acessar a fonte desde que engravidei. E às vezes... acho... acho que o poder meio que sai de mim sem minha permissão. Como o cupcake de fogo. — Ela levou a mão ao ventre, afagando-o com movimentos circulares que pareceram naturais; protetores. — Acho que o Faeling está bloqueando meus poderes de alguma forma, mas você disse que coisas estranhas poderiam acontecer, certo? Eu sou uma Halfling, e ninguém sabe o que esperar durante uma gravidez meio humana, meio Fae.

Titus franziu a testa. Ele estava gostando da situação tanto quanto eu.

— Você deveria ter nos contado.

O lábio inferior da nossa companheira tremeu, e eu passei o braço ao seu redor, querendo acalmá-la e estrangulá-la ao mesmo tempo.

Era como se ela não confiasse em nós com algo que considerava trivial. Ou achasse que estava nos protegendo ao não contar.

— É nosso trabalho proteger você, florzinha — eu disse a ela, apertando-a de leve. — E não podemos fazer isso se você não nos contar de coisas que podem ameaçar a sua vida. — Olhei para os outros. — E todos vocês estão igualmente errados. Se eu soubesse de suas suspeitas, teria apagado a porcaria do incêndio.

— O Vox já se desculpou — Exos disse, sempre o político. — Deveríamos ter dito a você. Sinto muito, também. Mas está tudo às claras agora, certo? Ou há mais coisas que você precisa nos contar, Claire?

— Eu só não queria que vocês se preocupassem — ela murmurou, então olhou para mim. — E eu não queria que você me olhasse assim... desse jeito. Como se algo estivesse errado comigo.

Eu sorri e voltei a segurar seu queixo.

— Nós te amamos, Claire. Só queremos ter certeza de que você e o Faeling estão bem. Isso é tudo.

Ela assentiu, mordendo o lábio.

— Talvez... talvez eu possa visitar um médico humano?

Titus suspirou.

— Acho que um Curandeiro seria melhor.

Cyrus considerou Titus e depois Claire.

— Na verdade, acho que um médico humano pode não ser uma má ideia. Acalmará o lado humano de Claire, que acho que todos podemos concordar que está funcionando. Que mal pode fazer?

Ele pegou a mão de Claire, e a puxou para si. Eu a soltei, pois Cyrus saberia exatamente o que dizer para fazê-la se sentir melhor.

Ele puxou seu cabelo ao redor das orelhas, escondendo as pontas que denunciavam a linhagem Fae.

— E se quiser usar a tecnologia humana para nos dizer o sexo, acho que seria um presente de Natal incrível. — Cyrus deve ter captado esse pensamento dela, porque os olhos da nossa companheira brilharam com entusiasmo e compreensão. Ele a beijou na testa, e eu relaxei quando sua careta se transformou um sorriso.

— Podemos descobrir o sexo? — Vox perguntou, com um tom esperançoso na voz.

— Sim — Claire sussurrou.

— É isso que você quer, linda? — Exos segurou sua bochecha. — Quer saber o sexo?

Ela mordeu o lábio e assentiu.

— Quero.

— Então nós também queremos — Titus disse, seu olhar percorrendo o grupo em busca de quaisquer divergências. Ele com certeza não ia conseguir uma de mim.

A animação havia substituído a discórdia no círculo de companheiros.

O que deixou tudo melhor.

Será menina ou menino?, me perguntei, olhando para sua barriga. Eu queria que fosse uma menina. De preferência, uma pequena Faeling que um dia floresceria em uma mulher tão bonita quanto a mãe.

Ou talvez fosse isso que eu queria para nós.

Um dia, prometi a mim mesmo. *Um dia teremos uma menininha.*

Eu tinha certeza disso. Meus lábios se curvaram em um sorriso.

Claire encontrou meu olhar, sorrindo de volta. *Eu vou adorar*, ela me disse baixinho.

Eu também, florzinha. Eu também.

CLAIRE

Cyrus me ajudou a sair do carro alugado, que ele pegou ontem, caso precisássemos, e me acompanhou até o hospital. Ele já havia dito que se o médico encontrasse algo errado, me levaria imediatamente de volta ao reino Fae Elemental, e que as leis inter-reinos se danassem.

Eu esperava que não fosse necessário, e me enchi de positividade e bons pensamentos enquanto caminhávamos pela recepção enorme do hospital.

A maioria das pessoas não gostava de hospitais, mas eu achava incrível existir um lugar para o qual eu podia ir, onde haveria pessoas prontas para me ajudar. A compaixão humana era algo muito impressionante.

Titus, arrumando o gorro de Papai Noel que eu tinha comprado para ele mais cedo na loja, foi liderando o caminho.

Puxei a bola branca e sorri para ele.

— Você com certeza é um belo elfo de Fogo.

Ele franziu o cenho.

— Pode parar, Claire. Já é humilhação suficiente esse chapéu deixar essa bola pendurada na frente do meu rosto. — Ele soprou a bola para longe, olhando feio para um Cyrus sorridente.

Os rapazes acharam que Titus deveria usar o chapéu para manter a alegria do Natal. Meu companheiro de Fogo claramente não aprovava, o que não me deixou nada chateada; só achei graça.

Sim, os hormônios da gravidez eram insanos.

Eu meio que os amava.

Uma recepcionista nos cumprimentou e apontou para o corredor.

Marcar uma consulta nunca foi fácil, mas havia benefícios em ter companheiros poderosos. Exos já havia estabelecido conexões em Ohio antes de nossa chegada, antecipando que essa visita poderia ser necessária. Ele também se preparou para o nascimento em potencial; que eu gostaria que fosse em um hospital, não em casa. Amei ele que ele traçou várias possibilidades e fez tudo o que podia para garantir que meus desejos fossem atendidos.

Entramos no consultório para o qual fomos direcionados, e outra recepcionista olhou com cautela para o meu grupo de companheiros.

— Ah, posso ajudá-la?

— Estou aqui para uma consulta — eu disse, com um sorriso.

A mulher piscou algumas vezes para meus companheiros, particularmente fixando o olhar em Sol, que havia se encaminhado para uma das cadeiras e estava tentando se sentar. Sem sucesso.

— E, ah, quem é o pai? — ela perguntou, mantendo a

cabeça baixa, como se essa fosse uma pergunta natural de ser feita. — Nós preferimos não permitir, hum, visitantes.

Fiz careta. Biologicamente, Cyrus era o pai, mas todos os meus companheiros tinham um lugar no meu coração e na vida do meu Faeling que não parava de crescer.

— Todos eles são o pai — eu disse, sem nem hesitar. — É um problema?

Algumas mulheres na sala tossiram.

Exos se inclinou, abrindo o sorriso encantador que reservava para negociações. Ele o usava comigo com muita frequência e, *com muita frequência*, ele também conseguia o que queria.

— Já conversei com a dra. Renalds. Se puder, por favor, verifique com ela. Acredito que ela te dirá que está tudo em ordem.

A recepcionista torceu o nariz e pareceu que ia discutir, mas Exos manteve o sorriso no rosto, então ela finalmente suspirou e saiu da cadeira.

— Por que todo mundo está olhando para nós? — Vox perguntou, aos sussurros enquanto apoiava a mão na parte inferior das minhas costas.

Sim, havia alguns detalhes sobre a cultura humana de que eu não sentia falta.

— A poligamia é muito incomum aqui — Cyrus explicou. — Em alguns países, é até ilegal.

Vox franziu a testa como se não entendesse.

— Por que um governo controlaria quantos companheiros uma pessoa pode ter? Os humanos às vezes não têm várias almas gêmeas, como os Faes?

Exos pigarreou quando a porta lateral se abriu e alguém chamou o meu nome.

— Vamos deixar as lições sobre os humanos para mais tarde — ele sugeriu baixinho, antes de acenar para a enfermeira.

Seguimos pelo corredor enquanto os funcionários olhavam meus companheiros com curiosidade.

Titus baixou o chapéu em volta dos olhos.

— Agora você gosta do chapéu — Cyrus apontou, fazendo meu Fae do Fogo sorrir.

Depois de uma curta espera em outra sala e uma tentativa desajeitada de trocar de roupa e colocar o patético pano que os hospitais gostavam de chamar de bata, a médica finalmente entrou.

Uma mulher alta, com cabelo ruivo selvagem preso em um coque, apareceu e me deu um sorriso animado.

— Claire Summers, certo? E, ah, você tem muitos pais aqui para se juntarem a nós! Fiquei intrigada quando o Exos me contou sobre a situação. Vocês são de outro país. No entanto, ele não mencionou qual.

Exos pigarreou.

— Estamos muito gratos por você nos atender tão em cima da hora. Espero que o subsídio para o hospital ainda esteja sendo bem utilizado.

O sorriso dela ficou tenso, e eu entendi porque Exos conseguiu marcar a consulta tão rápido, assim como garantiu a entrada de todos os meus companheiros.

— Sim, com certeza. Na verdade, conseguimos comprar dois novos aparelhos de ultrassonografia, top de linha, um dos quais usaremos hoje. — Ela olhou para mim. — Exos mencionou que você pode estar interessada em saber o sexo do bebê?

Sorri, olhando para todos os meus companheiros, para confirmar que eles estavam morrendo de vontade de saber tanto quanto eu.

— Sim, nós adoraríamos saber — eu disse, me sentando na beirada da cadeira de exame. — Mas primeiro, quero ter certeza de que ele ou ela está saudável. É tudo o que realmente importa para mim.

Ela assentiu e fez uma anotação no prontuário.

— Sim, claro. Vamos fazer isso agora mesmo.

Ela me fez deitar, e todos os meus companheiros encontraram lugares em que ficar para que não atrapalhassem. Eu sabia que nada disso doeria, mas não consegui afastar a expectativa.

Vox e Sol olharam para a máquina, claramente fascinados com a tecnologia. Cyrus e Exos tinham mais experiência com máquinas humanas, enquanto Titus era mais difícil de impressionar.

Depois de passar o gel frio no aparelho, a médica o levou à minha barriga. Todos nós pulamos quando uma batida alta e rápida soou pela sala.

— Ah! — ela exclamou, pressionando o dispositivo mais para o lado esquerdo. — Olhem só. Que batimento cardíaco forte.

Meu próprio coração pareceu acelerar para acompanhar o ritmo rápido.

— É normal ser tão acelerado? — perguntei.

Ela sorriu, seu comportamento relaxado me deixando à vontade.

— Sim. O batimento cardíaco de um feto deve estar entre cento e dez a cento e sessenta batimentos por minuto. Seu bebê está na extremidade inferior do espectro, mas ainda em uma faixa saudável.

Meus ombros relaxaram.

— Certo. Que bom.

— E o sexo? — Cyrus perguntou, com esperança na voz. Ele provavelmente já conhecia o ritmo do batimento cardíaco e avaliou o feto através de seu Elemento do Espírito, mesmo que eu não pudesse. Mas eu suspeitava de que Cyrus tinha resistido a usar as habilidades Fae para descobrir o sexo. Seu olhar cheio de emoção encontrou o meu, assim como o do resto dos meus companheiros. Eu sabia que esse era um momento de que nos lembraríamos pelo resto da vida.

Ela mexeu em um equipamento diferente dessa vez, e uma imagem manchada apareceu na tela. A médica moveu o aparelho na minha barriga, fazendo o bebê se contorcer, mas eu não conseguia sentir angústia, apenas uma reação à pressão. A médica sorriu e clicou em um botão, produzindo uma imagem estática que parecia uma mancha de tinta para mim.

Ela apontou para a tela.

— Vê isso? Parece que você vai ser um menino.

Titus ficou de pé com um rugido comemorativo.

— Isso! Eu sabia!

Todos os meus companheiros também riram, encantados com a notícia à sua própria maneira. Quanto a mim, as lágrimas voltaram, parecendo inundar minha visão, não importava se de alegria ou tristeza. Independentemente do sexo, eu teria adorado saber, mas um menino?

Um menino.

Um pequeno Rei Fae.

O pensamento fez meu coração triplicar de tamanho, e pensei que morreria ali mesmo.

Segurei as mãos de Cyrus nas minhas enquanto as lágrimas escorriam pelo meu rosto.

— Um menino — repeti o pensamento em voz alta.

Cyrus ecoou a alegria em minha mente.

Nosso pequeno herdeiro das festas de fim de ano.

EXOS

O CÍRCULO DE COMPANHEIROS PRATICAMENTE ZUMBIA DE animação e desejo de comemorar.

Claire e o bebê estavam bem, mais do que bem, e ficariam ainda melhores depois de serem alimentados e saciados.

No entanto, planejávamos surpreender nossa companheira de várias maneiras no que dizia respeito a isso. Todos nós queríamos assegurar à nossa Claire que carregar uma criança só a tornava mais bonita e mais desejável, não menos.

Olhei para a lista de alimentos humanos que ela tinha me dado. Quando eu disse que ia sair para resolver algumas coisas, ela não tinha percebido que incluía mais um desvio para o Reino do Inferno. Cyrus havia se aventurado lá ontem, e hoje tinha sido minha vez.

Aqueles cretinos demoníacos estavam mesmo criando dificuldades. E eu tinha certeza de que era puramente para seu prazer sádico.

Mas eu me sentia bastante confiante de que estávamos fazendo um bom progresso.

Em vez de contar a Claire sobre minha excursãozinha paralela, não ganharia nada deixando-a preocupada, aceitei fazer o que ela pediu, e foi assim que fui parar em um mercado humano depois de passar algumas horas literalmente no inferno.

Percorri os corredores e peguei todos os itens da lista, e mais algumas outras coisas que pareciam interessantes. Também peguei algumas decorações festivas para o chalé; eu suspeitava de que Claire não se importaria de adicionar ao que já havíamos pendurado.

A maior parte da comida parecia insalubre para mim, mas ela podia se entregar. Não, ela *precisava* se entregar àquela alimentação. Gestar um Faeling requeria muita energia, então Claire necessitava de tantas calorias quanto pudesse ingerir.

Depois da comida, ela precisava relaxar e descansar, e eu sabia exatamente o que poderia distrai-la de pensar em política e na chegada iminente de nosso Faeling.

Cada nascimento era único, e também difícil. Isso, infelizmente, era semelhante entre as gestações Fae e humana. Fiz minha pesquisa antes de entrar nesse empreendimento com meu círculo de companheiros, para estar o mais preparado possível para o desconhecido.

No entanto, nada poderia ter me preparado para a proteção que irradiava através de mim, além da nova camada de amor que se estendeu através do meu vínculo com Claire e todo o nosso círculo de companheiros. Isso nos aproximou, uniu ainda mais nosso amor e deu uma sensação de permanência que eu não sabia que estava faltando.

Se uma criança fazia isso, eu ansiava por muitas outras.

Depois que sobrevivêssemos a esta.

E depois que Claire decidisse que estava pronta, é claro.

Por enquanto, eu me certificaria de que ela estivesse o mais confortável possível e de que ela não precisasse se preocupar com nada.

Terminei as compras e organizei as sacolas no carro, depois voltei para o chalé. Ao chegar, encontrei Claire rindo. O som era como música aos meus ouvidos e fez meus lábios se curvarem.

Vox e Sol a acomodaram em um sofá macio e apoiaram os pés dela em um pufe. Ela se parecia com a imagem de uma deusa da fertilidade misturada com a magia do Polo Norte, um dos únicos Reinos Faes que os humanos haviam entendido, mesmo que considerassem o Papai Noel um mito.

Não pude deixar de me sentir festivo ao sorrir para os flocos de neve que Cyrus atraiu lá de fora. Ele os congelou permanentemente, e Vox usou sua magia do Ar para girá-los, proporcionando um toque especial do qual todos desfrutamos. Titus também tinha colocado várias velas piscando nas janelas, todas usando chamas reais, o que seria um perigo para a maioria dos humanos, mas não para um Fae do Fogo.

Além da nossa própria magia decorativa, encontramos enfeites humanos como festões, azevinho e fitas vermelhas para espalhar por lá. Uma única árvore de Natal enorme brilhava perto da janela, arrematando o ambiente.

Claire sorriu quando entrei, em seguida Cyrus se juntou a mim para pegar todos os mantimentos. Enquanto isso, Vox e Sol discutiam sobre quem deveria massagear os pés de Claire, que estavam para fora do cobertor em que ela se aconchegou.

— Minhas massagens são muito melhores — Vox insistiu, demonstrando no pé esquerdo de Claire. Ela gemeu quando ele passou o polegar com habilidade e massageou o inchaço de seu tornozelo.

Sol franziu a testa.

— É o que vamos. Este é o início de outro desafio para o Faeling número dois? Porque eu estou pronto para praticar.

— Não conte seus Faes antes que eles choquem — Claire repreendeu, fazendo a carranca de Sol se aprofundar.

— Você não vai botar um ovo, Claire. — Ele arregalou os olhos. — Certo? Quero dizer, os humanos costumam pôr ovos?

Ela riu ao seu aconchegar no sofá.

— Nada de ovos — ela prometeu. — É só uma expressão.

— Os humanos têm umas expressões estranhas — Sol reclamou. Depois de todos esses anos, algumas coisas que nossa companheira dizia ainda o confundiam, mas ele gostava de aprender.

— Um teste de massagem seria apenas para praticar — Vox persuadiu, passando os dedos de novo, massageando um ponto perto de seu calcanhar que a fez morder o lábio.

Ah, ela sabia aonde isso estava indo. Eu podia ver estampado em suas bochechas coradas e no jeito que ela arqueou o peito de modo sutil. *Linda*, pensei, distraindo-me de guardar as compras. Então Cyrus me cutucou com o pé, e eu peguei duas sacolas da mão dele, enquanto meu irmão corria para pegar mais do carro.

— Contando que não pratiquemos o teste do orgasmo de novo — Claire disse, tocando a barriga arredondada. — Acho que ainda estou me recuperando da última sessão.

Mesmo que ela tivesse protestado, os olhos brilharam com a memória, e um sussurro de necessidade tocou o vínculo de companheiros.

Sim, minha Claire estava pronta para o que tínhamos planejado para essa noite. Eu não era o único reagindo ao desejo crescente de satisfazê-la fisicamente de todas as formas.

Eu estava pronto. A libido aumentada era uma característica que tanto os humanos quanto os Faes experimentavam durante a gravidez. Embora com os Faes fosse em um patamar totalmente diferente, algo que Claire descobriria muito em breve.

Ela era uma Fae com um estado sexual já acelerado. O que sugeria que, uma vez desencadeada, a fase três poderia deixá-la louca. Eu só esperava que ela não tentasse reprimir nada.

Faes eram criaturas sexuais, cheias de paixão. Possuíamos a força e o vigor necessários para unir as fontes elementais para produzir uma nova vida. Não era um simples ato físico como poderia ser para os humanos. Para os Faes, as crianças eram tanto uma criação espiritual quanto física.

Sol sorriu, percebendo as travessuras de Vox.

— Vamos praticar o teste de massagem, então — ele decidiu, em voz alta. — Vou começar com este pé, então vamos massagear mais de você depois de comer. — Ele olhou para mim, e eu lhe dei um aceno discreto de aprovação.

Titus passou por mim e começou a me ajudar a guardar a comida, enquanto Cyrus trazia a última das sacolas. Ele sorriu, sentindo a tensão crescente. Todos nós sabíamos o que ia acontecer esta noite.

Bem, todos nós, exceto Claire.

— Vou ganhar essa — Titus prometeu, se referindo ao que aconteceria essa noite. A fase três envolvia o compartilhamento elementar... através do sexo. — Estou confiante — acrescentou, colocando um presunto cozido no balcão ao lado de alguns dos itens que eu já havia separado para nossa refeição.

Eu sorri, mas não respondi.

Porque de jeito nenhum ele duraria mais tempo que qualquer um de nós. Eu apostava em mim ou no Cyrus. Nós dois tivemos acesso a fonte de poder antes. Sabíamos como mantê-la equilibrada.

Claro, a terceira fase jogaria tudo o que sabíamos pela janela. Então, no momento, era realmente um jogo. E, sendo sincero, todos nós venceríamos no final, porque isso significava entrar em Claire.

Vox olhou de nossa companheira para a cozinha.

— Alguma coisa precisa ser cozida? — ele perguntou, claramente não querendo desistir da competição contra Sol.

Eu ri.

— A maior parte é pré-cozida ou embalada. Podemos cuidar dos preparativos, Vox. Você não precisa cozinhar para gente o tempo todo.

Claire murmurou, concordando.

— Sim, é melhor você não parar o que está fazendo. Ordeno que você seja o companheiro encarregado oficialmente da massagem nos pés.

Sol encarou a afirmação como um desafio. Ele aprendeu a controlar a força ao longo dos anos e, com base na forma como ela revirava os olhos, demonstrou sua habilidade massageando cuidadosamente o arco do outro pé de Claire com a quantidade certa de pressão.

— Correção — ela disse. — Vocês dois podem ficar responsáveis por isso.

Meus lábios se curvaram.

— Vamos avisar quando a comida estiver pronta.

EXOS

Clare arregalou os olhos quando trouxemos as bandejas de comida para ela, espalhando-as ao redor para que ela não tivesse que se mover. Encontrei uma bandeja de café da manhã que funcionava muito bem para colocar a comida na altura dos seus olhos, mas sem perturbar seu ventre em crescimento.

Ela lambeu os lábios ao examinar a seleção. O movimento da língua foi direto para o meu pau.

Sim. Sexo era do que ela precisava essa noite.

Assim como comida humana.

Ela já parecia mais saudável e feliz, e bem a caminho da fase três.

Todos nós a sentíamos se aproximar.

Esta noite.

Ela pegou um bolo em miniatura com recheio de creme branco e gemeu ao mordê-lo; o que fez minha calça ficar apertada de repente.

— Claire — Cyrus avisou, erguendo os lábios em um sorriso malicioso. — Se você continuar fazendo sons assim, vai nos fazer querer comer alguma coisa também. E não será comida.

Um adorável rubor corou suas bochechas enquanto ela mastigava.

— Não posso evitar — ela respondeu, com a boca cheia, ao pegar outro item. — Estou morrendo de fome, e isso é delicioso pra cacete.

Humm, eu gosto dessa palavra em sua boca, eu disse a ela. *Diga "cacete" de novo.*

Seu olhar cintilou para mim. *Cacete.*

Eu sorri. *Boa menina, Claire. Vou recompensá-la por isso mais tarde.*

Não faça promessas que não pretende cumprir.

Quando eu não cumpri uma promessa sexual? perguntei, arqueando uma sobrancelha.

O que fez um rubor cobrir seu pescoço e desaparecer sob a montanha de cobertores.

Permiti que ela não respondesse, principalmente porque ela soltou outro gemido ao morder o bolinho, e eu não conseguia pensar em nada além daquele som.

Todos nós a observamos comer, o que fez nosso próprio apetite crescer a cada minuto que passava. Ela parecia completamente alheia à intensidade, muito perdida em sua refeição. O que era bom. Ela precisava de energia para a fase três.

Mas o novo fio pulsava entre todos nós, a vida dentro dela atraindo nossas fontes com uma urgência que não podia mais ser ignorada. A fonte elemental chamava minha afinidade com o Espírito, me incitando a trazer a vida em seu ventre, a compartilhar minha magia através de nossos laços em um nível íntimo.

Eu geralmente assistia.

Eu geralmente esperava.

Dessa vez... eu não tinha certeza se conseguiria.

Quando Claire saciou seu apetite por comida e se recostou com um suspiro satisfeito.

— Eu me sinto muito melhor — ela admitiu. Em seguida, fechou os olhos ao acariciar o ventre, sorrindo quando seus dedos se contraíam. — O Faeling está chutando. Ele também está feliz.

E provavelmente crescendo, pensei.

Ela cairia em um sono preparatório, em breve. Eu a senti se aproximando do fim do estágio final, aquele em que outro acasalamento seria necessário. Foi uma sensação indescritível de expectativa no vínculo do companheiro, que me levou a resolver essa pendência que atormentava minha companheira.

Embora seu apetite por comida tinha sido saciado, vi a careta fugaz que cruzou seu rosto quando suas pálpebras se abriram para olhar para nós. Ela ainda tinha uma necessidade a ser satisfeita.

Ou melhor, cinco necessidades, a julgar por como seu olhar analisou o círculo de companheiros.

Removi a bandeja de café da manhã e o cobertor, então peguei sua mão.

— Acho que temos um teste de massagem para pôr em prática — falei, abrindo um sorriso malicioso.

Seus olhos brilharam, mas ela franziu a testa quando agarrou meu terno e o cheirou.

— Você andou fumando?

Ops. Problemas do submundo.

— Não, mas passei por algumas pessoas que estavam

quando fui comprar toda a comida humana que você me pediu — respondi, lembrando a ela casualmente que eu tinha conseguido tudo o que estava em sua lista. E não era mentira. Eu tinha passado por humanos que estavam fumando, embora estivessem do outro lado do estacionamento. Beijei sua bochecha. — Você está pronta para uma massagem, Claire?

Ela fechou as mãos ao encarar a barriga.

— Acho que não consigo... — Ela captou o que eu estava insinuando, o que a deixou aterrorizada. Senti seu medo surgir através do vínculo, e meu coração ficou apertado.

Cyrus se juntou a mim, segurando sua outra mão para levantá-la.

— Você não tem que fazer nada, pequena rainha. — A confiança dele se infiltrou em meu Espírito, me assegurando de que Claire poderia ser convencida. Nós nunca falhamos antes. — Deixe-nos adorar você — ele disse, em um tom régio e carinhoso. — É tudo o que pedimos.

Ela mordeu o lábio antes de acenar com a cabeça, que era toda a permissão de que eu precisava. Seu Espírito me chamou com tanta clareza que uma melodia se desenrolou em minha mente, uma em que nossas almas dançavam juntas e começavam um novo cortejo.

Linda.

Cyrus e eu a acompanhamos até a cama enorme, então a parei ao lado do móvel.

— Posso te despir, Claire? — perguntei. — Massagens são melhores quando se está nu.

Ela umedeceu os lábios e assentiu devagar.

— Palavras, linda — murmurei. — Diga-me as palavras.

— Sim — ela sussurrou. — Você pode me despir.

Eu sorri e a recompensei com um beijo gentil enquanto meus dedos tocavam a bainha da sua camisola.

— Obrigado, Claire — eu disse, adorando o ato de tirar suas roupas. Assim como todos os outros, mas eu queria lembrar a ela, com minhas palavras e toque, garantindo que ela se sentisse tão bonita agora quanto antes. Porque para nós, ela era perfeita. Linda. Uma deusa dos Elementos, mesmo que estivessem bloqueados no momento.

Seus braços se arrepiaram quando puxei bem devagar a alça do vestido. Então ela paralisou quando o tecido revelou seus seios.

Humm, não, não bastaria.

Eu a queria fluida. Calorosa. Ansiando por nosso toque. Não paralisada e com medo do que poderíamos pensar de sua bela forma. Eu podia sentir essa incerteza em nosso vínculo, tinha ouvido em sua voz quando ela alegou que talvez não pudesse aceitar uma massagem.

Nossa companheira precisava entrar na fase três sentindo-se querida e amada.

Não insegura e sozinha.

Ela não conseguia sentir a atração da fonte? A melodia muito real zumbindo em meus ouvidos, em meu coração e através de minha alma, me implorando para tomá-la? Para cumprir a próxima etapa? Para dar a ela o que seu corpo mais ansiava e desejava?

Ah, Claire.

Passei os lábios por seu ombro, pedindo-lhe para relaxar, e rocei seu Espírito com o meu, persuadindo-a a se aproximar mais da fonte ofuscante de nosso poder. Uma nova vida havia sido criada aqui, uma que nós amaríamos juntos, como uma família.

Mas, primeiro, ela precisava saber o quanto era amada

por todos nós, o quanto sempre a desejaríamos. Uma criança não mudava essa faceta de nossas vidas. Só nos aproximou mais.

— Deite-se — ordenei, ganhando uma faísca de rebelião em seus olhos. Ela não gostava de receber ordens, mas, nesse caso, Claire precisava me ouvir. Ela estava muito envolvida nas próprias dúvidas e medos. Eu precisava que ela se soltasse e me desse o controle agora.

Ela endireitou a camisola, escondendo toda a pele resplandecente de nós, mas se deitou na cama como eu exigi. Ajoelhei-me ao seu lado e passei os dedos por sua bochecha.

— Eu preciso te amar, Claire.

Eu raramente implorava, e isso era o mais perto que eu ia chegar de fazer algo assim. Ela mordeu o lábio antes de responder:

— Bem, me deitar de costas é meio desconfortável — ela admitiu.

Eu sorri. Ah, bem, eu tinha outra posição que se adequaria ainda melhor ao meu humor.

— Você consegue ficar de joelhos? — sugeri, erguendo uma sobrancelha no que o plano se desenrolou em minha mente. — Eu ia massagear seus seios, mas posso trabalhar com outra área.

Ela engoliu em seco e olhou para o resto do círculo de companheiros, percebendo como Sol e Vox descansavam perto da parede, ansiosos para ter uma boa visão do que estava por vir. Cyrus e Titus tinham se acomodado de cada lado de nós, deslizando na cama com uma intenção sensual que emanava através do vínculo do companheiro.

Passei minha magia do Espírito através dela, trazendo seu olhar de volta para mim.

— Mas eu estou tão... *grávida* — ela protestou, ainda

duvidando da própria beleza. Como se vê-la fosse diminuir nosso amor ou deter nosso desejo.

Era exatamente por esse motivo que isso precisava acontecer aqui, agora.

— De joelhos, Claire — eu disse, permitindo que ela ouvisse a demanda em minha voz.

Ela engoliu em seco, mas obedeceu, seu pulso batia tão forte que eu podia vê-lo em seu pescoço.

Palavras não resolveriam o problema.

Então, em vez disso, partiríamos para a ação.

Relaxei em minha afinidade secundária pelo Fogo e lancei, com cuidado, uma camada do elemento em seu vestido, desintegrando-o e deixando-a nua. O calor brilhou de forma agradável sobre sua pele quando ela apertou as mãos na lateral do corpo, ainda nervosa e incerta.

Determinado a tranquilizá-la, segui a magia com minhas mãos e depois meus lábios, beijando seus seios inchados até seu ventre aumentado. Então, devagarinho, eu a empurrei para frente para ela se equilibrar em suas mãos e joelhos.

Cyrus e Titus esperavam com paciência; a excitação dos dois estava evidente. Eu não tinha dúvidas de que eles podiam ouvir a mesma melodia que eu, o chamado de nossos Elementos era forte demais para ser ignorado.

Nossa companheira estremeceu quando toquei seu sexo úmido.

— Exos — ela disse, meu nome era mais como um apelo agora. Sorri. Estávamos na direção certa, mas eu precisava de mais dela.

— De que tipo de massagem você gostaria? — perguntei, segurando sua bunda com as duas mãos enquanto eu a abria.

Fae, ela era linda. Meu pau pulsou ao vê-la tão

molhada para mim, ansiosa para minha língua provar sua doçura.

Vox e Sol fizeram sons estrangulados às minhas costas, igualmente afetados pela visão deslumbrante, mas não apenas isso. Claire enviou uma onda de desejo através de todos nós que nos atingiu como um relâmpago.

Aí está, pensei. *A terceira fase está chegando.*

Exos...

Não resista, linda. Deleite-se com o momento. Apague seus medos e apenas sinta.

Beijei a base de sua coluna enquanto minhas palmas marcavam seus quadris e eu a acariciava derrubando suas inseguranças, encorajando-a a se entregar.

Você é nossa deusa, Claire. Nossa rainha. Vamos te adorar. Mordisquei o osso do seu quadril e, em seguida, passei a língua mais uma vez por sua coluna. *Por favor, linda. Tudo o que queremos é fazer você se sentir bem.*

Ela gemeu quando suas preocupações começaram a escapar de sua mente, mudando o foco para o pulsar muito real entre suas pernas. Eu podia sentir a reação em seu Espírito e pulsando no meu. Ela precisava disso. Tanto quanto nós.

Você consegue sentir a nossa necessidade? perguntei a ela. *Está te queimando do jeito que o seu desejo está queimando a mim?*

Outro gemido, este seguido de um aperto nos lençóis.

Cyrus aumentou a intensidade ao abrir o zíper da calça e liberar a ereção conforme a acariciava em um ritmo vagaroso, observando Claire através de olhos semicerrados.

Titus copiou o movimento, permitindo que nossa Claire visse o que ela fazia com ele. *Conosco.*

— Está vendo como eles estão duros, linda? — perguntei em seu ouvido, passando as mãos de leve por seu corpo, acariciando. Deixando de lado as carícias minuciosas e conhecedoras. Eu queria que ela cedesse primeiro. Então daria o que ela precisava, o que todos nós precisávamos. — Isso é líquido pré-ejaculatório, Titus? Acho que você deveria deixar a nossa Claire provar. Lembrar a ela o quanto a desejamos.

Titus passou o polegar sobre a ponta e levou a umidade aos lábios dela. Claire gemeu alto em resposta, e senti seu corpo estremecer.

— Humm, isso me faz querer provar você — eu disse, abrindo suas pernas para acomodar meus ombros enquanto me deitava embaixo dela. Meus pés no chão ainda apoiavam a parte inferior do meu corpo. — Sente-se na minha cara — eu disse a ela. — Me deixe te provar.

Ela estremeceu enquanto suas pernas balançavam sob a intensidade do meu comando e seu desejo irresistível de obedecer. Cyrus se aproximou e apertou seu mamilo.

— Meu irmão te deu uma ordem, pequena rainha. Vai desobedecê-lo?

— Eu... — Ela estremeceu, baixando a boceta para a minha boca, e eu a toquei com um golpe firme e longo da língua. — Ah, Fae — ela murmurou, quase caindo para frente. Mas Cyrus a segurou ao espalmar seu esterno.

Chupei seu clitóris, fazendo-a gritar meu nome naquele tom que eu adorava. Repeti, e ela me recompensou com um espasmo de corpo inteiro.

— Oh — ela repetiu, com as pernas tremendo. — Eu preciso... eu preciso...

— Diga-nos do que você precisa, pequena rainha — Cyrus murmurou.

— Sim, linda. Nos diga o que você quer — Titus concordou, com um tom baixo e sensual, conforme a alimentava com outra passada do polegar.

Eu não vi, mas senti, através do vínculo, seu prazer aumentando para um frenesi cataclísmico.

— Pau — ela disse. — Ah, agora. Preciso disso agora.

Mordisquei seu clitóris, em seguida deslizei de debaixo dela enquanto os outros começaram a se despir.

Cyrus e Titus a tomaram primeiro, com os pênis já livres e muito dispostos a satisfazê-la. Ela tomou Titus na boca, levando-o até o fundo da garganta antes de agarrar Cyrus e fazer o mesmo com ele.

E puta merda, essa era a visão mais bonita que eu já tive na vida.

Por mais que eu gostasse de assistir, queria tomar minha companheira primeiro dessa vez.

— Minha massagem não acabou — avisei a ela. — Eu estava apenas começando.

Ela olhou para mim enquanto eu abria o zíper da minha calça. Em seguida, umedeceu os lábios ao inclinar a bunda para me dar uma visão melhor.

Sim, era assim que eu preferia minha companheira. Disposta. Carente. Exigente. *Devassa.*

Quando deslizei para frente e revesti meu pau com sua umidade, mas me recusei a penetrá-la, ela gemeu de frustração e tomou Titus em sua boca novamente, dessa vez com tanta força que ele estremeceu.

Ele soltou um grunhido.

— Cuidado, linda, ou vou gozar na sua garganta bonita.

Isso só a encorajou a provocá-lo mais, provavelmente interpretando a declaração como um desafio.

Passei meu pau sobre seu clitóris, fazendo seus quadris se moverem contra minha pele sensível. Eu a faria gozar assim primeiro, então a comeria de forma apropriada.

Ela soltou o pau de Titus quando comecei a penetrá-la, suas costas formaram um arco lindo e perfeito.

— Quero ver o Vox e o Sol — ela gemeu.

Os dois Faes começaram a tocar o pênis um do outro,

algo de que sabiam que Claire gostaria, e que os prepararia para ela quando chegasse a vez deles. Eu a inclinei para que ela pudesse vê-los, e suas pálpebras ficaram pesadas de desejo. Ela gostava de ver os companheiros brincarem, algo que nunca tive vontade de fazer, mas entendia a tendência voyeurística, porque eu também gostava de observar.

Sol apoiou a mão na parede enquanto encarava Vox, o corpo nu deles nos dando uma visão de perfil conforme Vox acariciava o próprio pau, em seguida passando a mesma mão no de Sol. O latejar entre as pernas de Claire se intensificou com a exibição erótica, me encorajando a passar a cabeça do meu pau sobre seu clitóris de novo.

Ela gritou quando caiu de cabeça em um orgasmo que ela obviamente estava vinha segurando há algum tempo.

Que safada, Claire, pensei para ela. *Nós vamos ter que fazer você gozar a noite toda agora, só para ter certeza de que todos aqueles orgasmos que você nos negou sejam retificados.*

Seu corpo estremeceu em resposta, fazendo uma onda sensual romper as amarras.

A melodia se intensificou, rugindo através de nossas conexões como uma vingança, exigindo que liberássemos o controle de nossos Elementos, algo que todos aprendemos a não fazer.

A terceira fase havia começado oficialmente e exigia todos os cinco Elementos, não apenas um ou dois.

Há um Fae muito poderoso crescendo dentro de você, baby, eu murmurei. *Ele quer todos os nossos Elementos.*

Todos eles? Claire respondeu, parecendo já exausta. Em seguida, ela brilhou com poder repentino, seu Espírito cantarolando através de nosso vínculo quando o estágio final se iniciou.

— Ah, que foda — Claire murmurou. A palavra soando bonita em sua boca sexy.

— Sim, Claire. É exatamente o que vamos fazer — confirmei.

Parecia que ela não me ouvia, seus instintos assumiram conforme ela enviava a demanda através de nós, rasgando-nos até não sobrar nada.

Nós não tínhamos escolha a não ser obedecer, quebrar a própria regra que nos prendia desde que éramos jovens Faelings.

Soltar os Elementos.

Abrir a fonte.

Afogar-se em êxtase.

Claire tomou Titus profundamente em sua boca, destruindo a chance dele de resistir à liberação elementar. Então ela mexeu os quadris contra mim, persuadindo meu pau a sair para brincar.

Eu era um macho Fae forte.

Mas não forte o suficiente para negar minha companheira.

Arremeti em seu corpo trêmulo, dando o que ela precisava e xingando enquanto ela tomava tudo de mim. Cada estocada de seus quadris testava minha determinação de não desmoronar antes mesmo de começarmos.

Titus cedeu a ela, não conseguindo conter a si nem a seu poder, e gemeu ao gozar. Cyrus sorriu contra a garganta exposta do outro Fae, então deu um beijo suave na pulsação dele. Não era uma provocação, mas um gesto terno de compreensão, um que Titus pareceu apreciar quando apoiou a cabeça na de Cyrus.

Eu desacelerei minhas estocadas, prolongando meu prazer enquanto Claire voltava do clímax, e a dura demanda de sua melodia diminuiu, saciada pela oferta de Titus. O Fae do Fogo caiu na cama enquanto inclinava a cabeça para trás.

Ah, ele tinha perdido o jogo, de ver quem aguentava mais tempo, mas eu não estava muito atrás dele.

Cyrus assumiu em seguida. Claire o agarrou como se sua vida dependesse disso, chupando seu pau com necessidade renovada enquanto a melodia ecoava novamente, ansiosa para devorar a todos nós.

Segui seus movimentos com meus quadris, recompensando-a quando ela tomou meu irmão mais fundo. Eu não me importava se esse acasalamento me destruísse. Foi a coisa mais linda que já experimentei.

Sol e Vox continuaram a acariciar um ao outro enquanto nos observavam, seus olhos em Claire enquanto ela ameaçava atingir um orgasmo que levaria a todos nós com ela.

Isso era novo, cru, algo diferente; que eu não esperava quando li sobre os efeitos colaterais sexuais das Faes grávidas.

Mas eu sentia a razão agora, o elo de magia que atraía nosso poder e a alimentava tanto quanto qualquer alimento físico o faria. Em vez de abastecer seu corpo, alimentamos os fios de seu poder elementar que fariam a vida dentro dela a se completar.

Se necessário, eu me despojaria de toda a minha magia para dar a Claire e à criança o que eles precisavam, então me entreguei ao ato com abandono, soltando meu controle enquanto derramava meu poder dentro dela.

Claire ofegou com o golpe de magia incontida, e todos os Elementos explodiram ao redor do quarto quando todos os Faes de nosso círculo de companheiros seguiram o exemplo.

Brasas brilhavam em seu cabelo.

Partículas de Terra flutuavam ao nosso redor.

E uma Brisa quente tocou meu peito.

Em seguida, uma Névoa encheu o Ar de vapor, e nós a respiramos, enviando nossa própria força vital para nossa companheira enquanto chegávamos ao ápice.

Tome tudo de mim, Claire, eu disse a ela. *Tome até a última gota.*

CYRUS

Puta merda.

Eu mal conseguia respirar. Meu coração batia tão forte que pensei que fosse explodir.

Eu tinha certeza de que Claire tentou nos matar por meio do sexo. E, para ser sincero, eu não estava nem um pouco chateado. Porque... *uau*.

Esse tinha sido um dos sexos mais intensos da minha existência. Assim que redescobri minha capacidade de me mover, quis fazer tudo de novo. Mas ela praticamente sugou o Elemento Água de mim, o que me deixou seco e fraco no seu rastro.

Ainda bem que fizemos isso no Reino Humano. Eu não conseguia nem imaginar as repercussões de fazer algo assim em casa, onde estávamos muito mais conectados às nossas fontes.

Talvez fosse por isso que ela reagiu de forma tão negativa à comida Fae. De alguma forma, seu subconsciente sabia onde ela precisava estar para a fase três.

Ou foi tudo uma reviravolta do destino.

Independentemente disso, foi o certo. E nós sobrevivemos. *Por muito pouco.*

Feliz véspera de Natal, pequena rainha, murmurei para ela. Tecnicamente, era a manhã da véspera de Natal agora. Mas como ela não podia me ouvir, não era lá muito importante.

Respirei fundo para me acalmar.

Então me juntei a ela na terra dos adormecidos.

— OBRIGADO. Puta merda.

Exos tirou as palavras da minha boca.

Nossa terceira visita ao submundo finalmente valeu a pena, e eu tinha a prova disso em minhas mãos. Lúcifer podia não comparecer à votação, mas eu tinha uma procuração para votar em nome dele, e era tudo o que importava.

Levou um tempo para a negociação, principalmente porque ele exigiu fêmeas Faes Elementais em troca de sua cooperação. Quando eu disse que jamais aconteceria, ele começou a pedir coisas mais práticas. Como ajudar a cultivar certas plantas comestíveis. E algumas alucinógenas, para ficar chapado.

— Estou feliz por ter terminado — falei, dobrando a carta e a enfiando no bolso do paletó. — Estou ansioso para voltar para Claire e repetir a noite passada.

— Se for assim, vai ser uma véspera de Natal muito boa — Exos concordou, apertando os botões no painel do portal. Então ele me encarou com um sorriso enquanto o sistema fazia sua mágica. — Titus quer uma revanche.

— E ele vai perder de novo — falei.

— Eu sei — Exos concordou. — Mas eu não vou.

Arqueei uma sobrancelha.

— Mas foi o que aconteceu na noite passada.

— Eu não estava preparado.

Eu grunhi.

— Deixe de besteira. Você está sempre preparado.

Ele sorriu.

— Verdade. Posso ter desistido ontem à noite, mas você também desistiu.

— Todos nós desistimos — respondi. — Ela foi magnífica.

— Foi mesmo — ele murmurou. — É por isso que precisamos repetir a dose.

— É minha vez de seduzi-la? Porque é muito provável que eu consiga completar a tarefa mais rápido.

— Só por causa da minha ajuda ontem à noite — Exos retrucou.

Dei de ombros.

— Não é minha culpa você ter se oferecido para ir primeiro.

— Sim, sim. — Ele me dispensou quando chegamos ao Reino Humano. — Precisamos pensar em mais... — Ele parou, franzindo a testa.

Senti exatamente o que fez aquela expressão aparecer.

Algo estava errado.

Não pedi permissão, e Exos não hesitou. Ele sabia o que eu precisava fazer. Agarrei o pulso dele e acessei as reservas da minha magia para nos nebular diretamente para o chalé.

Embora fosse um salto curto, nebular fora do reino Fae

Elemental me drenou consideravelmente, e minha visão escureceu enquanto eu procurava por nossa companheira.

— Ela está bem? — questionei, incapaz de ver.

Se eu desmaiasse quando ela precisava de mim, eu...

— Cyrus! — Claire gritou ao se agarrar em mim. Havia pânico na voz dela, mas seu aperto era forte.

Minha visão clareou o suficiente para eu ver o que lhe causava tanta angústia. Ela segurou a barriga e rangeu os dentes, quando uma onda de dor atingiu os vínculos de companheiro. *Trabalho de parto*, pensei. *Ela está em trabalho de parto.*

No mesmo instante, Claire tentou calar os laços, tentando nos poupar da agonia, mas eu a puxei para meus braços.

— Não faça isso — eu disse, afastando o cabelo dela. — Dê-nos sua dor, pequena rainha. Nós podemos lidar com ela.

Estamos aqui, acrescentei em sua mente. *Você não está sozinha. Estamos todos bem aqui.*

CLAIRE

— NÃO POSSO FAZER ISSO — FALEI, ENQUANTO MEUS companheiros me levavam para o hospital.

A bolsa não tinha estourado como mostravam nos filmes. Foi mais como um fio. Sinceramente, achei que tivesse perdido o controle da bexiga, o que foi embaraçoso. Mas não. Acabou que era o início do trabalho de parto.

— Pode, sim — Cyrus me assegurou com um beijo enquanto me guiava para uma cadeira de rodas. Meu companheiro ainda parecia pálido por ter nebulado de onde quer que ele estivesse. Quis bater nele e em Exos por terem saído, mesmo que não fosse esperado que eu entrasse em trabalho de parto mais cedo. O que de tão importante eles tinham a fazer para correr um risco desses?

E na véspera de Natal?

A última contração passou e soltei a respiração que não percebi estar segurando. Sem a onda de dor tomando conta do meu cérebro, consegui pensar com clareza.

Ah, certo.

— A votação foi hoje? — perguntei, com a voz rouca.

Cyrus e Exos trocaram um sorriso.

— Não exatamente, pequena rainha. Mas perto.

— Bem, me digam — pedi, ansiosa para saber o que tinha acontecido. Eles estavam fora do Reino por uma razão.

— Não deveríamos nos concentrar no Faeling? — Vox perguntou.

Semicerrei o olhar para ele.

— Estou tendo dificuldade em me concentrar em qualquer outra coisa.

Ele se encolheu.

— Desculpe.

Titus me empurrou para dentro do elevador e encarou os botões.

— Qual era a merda do andar mesmo?

— Terceiro — Vox respondeu, sempre eficiente, enquanto esticava um braço e apertava o número. — É a triagem, onde a avaliarão.

— Está óbvio que ela está em trabalho de parto — Exos disse, irritado. — Que tipo de avaliação precisam fazer?

— *Exos* — eu disse. — Me conte o que aconteceu.

— Grávida e fazendo exigências — Cyrus apontou, inclinando-se para roçar os lábios nos meus. — Nós estávamos no submundo, pequena rainha. Lúcifer aceitou apoiar sua iniciativa, e eu tenho uma procuração de voto assinada por ele no bolso.

Arregalei os olhos.

— Você conseguiu que o Fae do Inferno... — Parei

com um suspiro quando a dor me atingiu novamente, arrancando o ar dos meus pulmões e fazendo todos os meus músculos se contraírem em agonia.

Fechei os olhos com força e tentei impedir a dor de se infiltrar em meus vínculos de companheiros.

— Eu disse para você não fazer isso — Cyrus me repreendeu ao pegar minha mão. — Se você pode lidar com a dor, então nós também podemos.

Quando voltei a abrir os olhos, todos os meus companheiros estavam com as mãos em mim, exigindo que eu compartilhasse o fardo.

Isso era algo com que eu sabia que não daria para comparar com o nascimento. Quantas mulheres poderiam dividir a dor com aqueles que realmente queriam ajudar?

Eu odiava fazer isso, mas sabia que nenhum deles me perdoaria se eu tentasse assumir a responsabilidade sozinha.

Nós éramos um círculo de companheiros por uma razão.

Para todo o sempre.

E era exatamente por isso que nossos vínculos existiam: para ajudarmos e apoiarmos uns aos outros.

Relaxei minhas restrições, permitindo que o vínculo fluísse através de mim enquanto a dor se dispersava pelo círculo.

Todos os meus companheiros se curvaram, Sol, em particular, fez o elevador sacudir quando ele bateu na lateral.

— Santo Fae — ele grunhiu. — É como ser atingido por uma montanha.

Vox gemeu e esfregou o pescoço.

— Puta merda, Claire. Você estava aguentando isso sozinha? Estou com Cyrus. Não assuma isso sozinha.

Abri um sorriso fraco, aliviada quando a dor diminuiu,

muito mais administrável agora que era compartilhada entre os vínculos.

O elevador apitou e Titus me empurrou para o consultório. Puxei um pouco do meu desconforto de volta para deixar meus companheiros darem a minha entrada. Então, no momento em que passei pela triagem e fui liberada para a sala de parto, compartilhei as dores com eles novamente.

O parto demorou muito mais do que eu esperava. Passei por ciclos de agonia, a dor ficou indo e vindo por horas. Toda vez que a médica entrava, eu não estava dilatada o suficiente para o parto.

Quando ficamos sozinhos de novo pela enésima vez, me virei para Cyrus. Seus olhos azul-prateados me observavam com preocupação.

— Os Faes devem dilatar antes de dar à luz? — perguntei, desejando ter passado mais tempo conversando com a Curandeira.

Seus lábios se curvaram de um lado.

— Sim. Seja paciente, Claire. Seu corpo ainda é meio humano. Você passou por uma gravidez incrivelmente acelerada para sua composição genética. Você vai conseguir, mas não se apresse.

— Paciência? — repeti. — Você quer que eu tenha paciência? — Essa era a frase preferida de Exos. Não a de Cyrus. E eu fui muito paciente a noite toda. — Por que meu corpo não está cooperando?

— Porque você não está pronta, Claire — Cyrus respondeu, o tom dele trazia um toque de reprimenda que era a marca registrada dele.

— Mas eu estava mais do que pronta no Halloween quando você *me engravidou* — rebati.

Ele suspirou.

— Claire. Sei que dói, mas você é mais forte do que isso.

Ergui as sobrancelhas.

— Mais forte? Isso é... — Parei com um silvo quando outra contração me atingiu. Essa eu enviei através do vínculo de companheiro, fazendo Cyrus se dobrar em uma expiração. — E paciência... o suficiente... para você? — perguntei entre dentes quando outra contração me atingiu quase imediatamente.

Puta merda! O grito veio de todos os meus companheiros. Ou talvez de um deles. Eu não sabia dizer, porque o caos irrompeu ao nosso redor quando os médicos voltaram.

Sol e Vox estavam discutindo sobre alguma coisa.

Exos estava falando em tom urgente com Cyrus.

E Titus olhava para mim como se eu estivesse morrendo.

Estou morrendo? perguntei a ele, em pânico.

Você está bem, linda. Eu odeio ver você assim.

— Claire — Cyrus estava dizendo, chamando minha atenção de volta para ele. — É hora de você começar a empurrar.

— O quê?

— Empurre, pequena rainha — ele pediu.

Eu perdi completamente o momento em que os médicos disseram que estava na hora, mas li a urgência na expressão deles.

— Está na hora? — gritei, então outra dor atingiu meu abdômen, e eu quase pulei para fora da cama. — Cyrus!

— Ele me deu a mão, e eu a apertei com força, sentindo minhas entranhas se revoltarem enquanto meus instintos tomavam conta.

Empurre.

Sim.

Empurre.

Sim.

Eu consigo fazer isso.

Mas não importava quantas vezes eu empurrasse, não acabava, a dor simplesmente irradiava pelos meus quadris e coluna. Parecia que eu estava sendo rasgada ao meio, e não de um jeito bom.

— Não está dando certo! — gritei, sentindo raiva, tristeza e fracasso enquanto um zumbido soava em meus ouvidos. — Por que não está dando certo?

Cyrus e Exos cantaram em meus pensamentos.

Titus juntou-se a eles.

Em seguida, Vox e Sol também estavam lá.

Eu mal ouvi a médica falando. A voz dela estava muito distante sob a nuvem de calma evocada por meus companheiros.

— Está coroando — a médica me informou. — Um empurrão forte agora na próxima contração. Você consegue!

Esperei que a pressão aumentasse, e então a dor me atingiu novamente. Essa foi a minha deixa.

Gritei quando uma nova ardência me atingiu, foi de magia e não de tormento físico. Todos os Elementos que haviam sido bloqueados foram liberados ao mesmo tempo, me queimando com poder bruto como se eu tivesse tocado as próprias fontes.

O Fogo ardia em minha pele.

A Água bateu nas paredes.

O Ar rodou em uma espiral violenta, levantando cadeiras e suprimentos médicos.

O chão se partiu, brotando vida ao nosso redor.

Borboletas cor-de-rosa surgiram brilhantes, esvoaçavam através dos Elementos se contorcendo à salta na sala de parto.

Não fui eu, foi o *meu filho*.

Não tive tempo para processar o que tudo isso significava. Tudo o que eu sabia era que meu filho precisava de mim agora para trazê-lo ao mundo, e não importava se eu morresse tentando, eu teria sucesso.

Meus companheiros colocaram as mãos em mim, acalmando os Elementos quando um empurrão final me concedeu o mais doce alívio. Prendi a respiração e olhei para o teto conforme o redemoinho de cores se misturava, liberando rajadas de brilhos parecidos com estrelas.

Então um choro soou.

Meu filho...

Ele finalmente estava aqui.

EXOS

— Parabéns — uma voz sombria sussurrou das sombras do quarto de Claire. — As percepções da equipe médica foram todas alteradas.

Eu não conhecia Shade bem, mas ele foi altamente recomendado por Aflora e Zeph. Eles me disseram que se alguém poderia nos ajudar a resolver essa confusão, era o misterioso Fae da Meia-Noite que tinha a propensão de brincar com o tempo e as memórias. — O Kyros te ajudou? — perguntei a ele, muito ciente de sua amizade com o Paradoxo Fae.

— Se ele tivesse, eu não diria a você — ele respondeu, curvando os lábios ao sair de entre as sombras. — Mas tudo está como deveria.

Assenti. Já havíamos lidado com a bagunça elementar desencadeada pelo parto de Claire. Agora ela descansava na cama, com o filho embalado junto ao peito. Cyrus estava sentado ao lado dela, passando os dedos pelo cabelo de nossa companheira enquanto observava Shade com atenção. Titus, Vox e Sol tinham expressões igualmente cautelosas.

Shade não era um simples Fae da Meia-Noite. Eu podia sentir a energia sobrenatural que vinha dele como faixas grossas de fumaça fina, sufocando todos em sua presença.

— Precisa de mais alguma coisa? — ele perguntou, arqueando uma sobrancelha escura.

— Só precisávamos que as memórias fossem alteradas — respondi.

Ele assentiu e se virou, como se fosse entrar dentro da parede.

— Deixe-nos saber o que você quer em troca — acrescentei, incerto do que mais dizer a ele. Mal nos conhecíamos, e ele nunca compareceu às reuniões com a Aflora.

Shade olhou para trás.

— Não preciso de nada — disse. — Minha companheira pediu um favor. E eu nunca digo não a ela. — Suas íris cor de gelo brilharam novamente, uma série de segredos fermentava naquelas profundezas. — Tenho a sensação de que você entende.

— Entendo, sim — admiti.

— Bom. — Ele sorriu. — Parabéns, mais uma vez.

Com isso, ele desapareceu nas sombras. Literalmente.

Estremeci, sua magia sombria deixou uma marca no ar que era um contraste severo com a minha essência do Espírito. Eu não tinha ideia de como ou por que ele acasalou com Aflora, mas estava claro que ele adorava o chão que ela pisava, o que era bom o suficiente para mim.

Sol, no entanto, não parecia concordar.

— Toco de salgueiro — ele murmurou.

Arqueei uma sobrancelha.

— O quê?

— Nada — ele resmungou.

— Hum? — Claire murmurou, despertando de seu descanso e fazendo o bebê em seu peito acordar. Em vez de chorar, ele ergueu os grandes olhos azuis para a mãe antes de olhar diretamente para Cyrus.

Meus lábios se contorceram.

— Sim, ele vai ser atrevido.

— Claro que vai — Cyrus murmurou, sorrindo para o embrulhinho. — Ele é um futuro Rei.

— Rei? — Claire repetiu em um bocejo, quando seus longos cílios se abriram. — Ah. Sim. Rei. Olá, pequeno Rei. Ah, que bebê lindo você é. — Ela sorriu, seu único foco era no minúsculo Faeling.

Ele piscou para ela. O amor e adoração estavam evidentes na forma como ele a venerava com aquele olhar inteligente.

Ela inclinou a cabeça.

— É como se ele me entendesse.

— Ele entende — Cyrus respondeu. — Os Faelings são um pouco diferentes dos bebês humanos.

Devagar, ela desviou o olhar para Cyrus.

— Um pouco diferente, como a *gravidez de nove semanas em vez de nove meses?*

Mordi o lábio para não sorrir.

Cyrus, no entanto, não se deu o trabalho de esconder o sorriso.

— Sim, mais ou menos assim.

Ela semicerrou os olhos.

— Quero uma explicação melhor do que essa.

— Que tal dar um nome a ele primeiro? — ele ofereceu. — Então poderemos falar das diferenças.

Me inclinei para frente, muito interessado na conversa. Não que eu não estivesse gostando antes, mas isso tinha precedência.

— Nome? — ela repetiu, engolindo em seco. — Oh, eu... em toda a nossa preparação... eu...

— Shh — ele a silenciou. — Ainda não pensei em nenhum. Eu queria conhecê-lo primeiro antes de decidir.

— Você tem um em mente agora? — ela perguntou.

— Mais ou menos. — Com olhar intenso, ele estudou o Faeling. — Ele é nosso bebê de Natal, nascido no Reino Humano sob uma onda de todos os cinco Elementos. O pequeno precisa de um nome forte, um que represente seu nascimento e seu status elementar. O que você acha de Storm?

— Não é muito natalino — ela falou. — Mas ele criou uma bela catástrofe ao nascer.

— Ele veio como uma tempestade inclemente, mesmo — meu irmão concordou ao contrair os lábios, fazendo referência ao significado do nome. — Também pensei em Frost, porque ele criou um pouco de gelo no teto que nem mesmo o Titus conseguiu derreter.

— Ele vai ser terrível — o Fae do Fogo falou, com a voz cheia de adoração. — Eu gosto de Storm. Combina com ele.

— Eu também — admiti. — Mas quero que a Claire ame o nome.

Ela olhou para o bebê.

— Que tal Blizzard? — Ela torceu os lábios. — Não. Seria demais. Hum. — Sua expressão ficou pensativa. — Jack é muito simples. Winter não encaixa bem; Christmas também não.

— E Ciro? — sugeri. — É uma variante de Cyrus, mas significa "do sol".

Claire piscou para mim, depois para o bebê.

— Ciro — ela repetiu, e sua expressão foi se iluminando. — Rei Ciro.

— Príncipe Ciro — Cyrus a corrigiu. — Ainda sou o Rei Cyrus.

Ela sorriu.

— Sim, Príncipe Ciro. Ah, é perfeito. Eu amei. — O bebê pareceu concordar, porque ele soltou uma risadinha, o que fez os olhos de Claire se arregalarem. — Eles podem fazer isso quando são pequenininhos assim?

— Faeling — Cyrus a lembrou.

Mas em vez de exigir que ele começasse a listar todas as diferenças, ela apenas murmurou em concordância e continuou repetindo para o pequeno em seus braços:

— Príncipe Ciro.

Todos sorriram, felizes com o nome.

E Cyrus virou os olhos azuis para mim, e vi um brilho de emoção em suas profundezas.

Ele sabia por que sugeri esse nome.

Não era apenas por causa da semelhança com o nome dele, mas com Cira, nossa mãe.

Raramente falávamos dela, pois ela faleceu quando éramos muito mais jovens, mas ela viveria para sempre em nosso coração. Assim como nossa companheira. E, agora, o pequeno Ciro.

— Feliz Natal, Príncipe Ciro — nossa companheira murmurou. Seus olhos marejaram ao olhar para nós. — Feliz Natal, pessoal.

— Feliz Natal, Claire — nós ecoamos, nos aproximando para beijá-la na bochecha e na boca.

— E feliz dia do seu nascimento, Ciro — acrescentei, tocando o nariz no do pequeno. — Agora, seja um bom menino e deixe sua mãe dormir um pouco. Ela mais do que merece.

CLAIRE

— Acho que devemos escolha uma árvore de Natal multicolorida — Vox disse, sorrindo para Sol, que estava muito suado por ter passado os últimos minutos cultivando uma seleção de árvores em nossa sala de estar.

Ele recriou um pinheiro comum, depois um com samambaias brancas semelhantes às que havia em nosso quintal e, por fim, um terceiro, sua última invenção: uma árvore com vários pigmentos se entrelaçando ao longo dos galhos. Impressionante de verdade.

— O bebê vai gostar mais da multicolorida, certo, Claire? — Vox olhou para mim, com as íris com bordas prateadas brilhando.

Claro, nós não precisávamos de uma árvore de Natal para a véspera de Ano Novo, mas o Solstício de Inverno estava a todo vapor no reino Fae Elemental e, no dia de Natal, eu estava bastante ocupada no Reino Humano.

Não que eu estivesse reclamando.

Agora que voltamos para a nossa casa, meu filho mamava no meu peito, contente, fazendo barulhinhos de prazer enquanto eu observava o processo de seleção de árvores.

— Temo que Vox esteja certo — eu disse a Sol, que ainda estava com uma toalhinha no ombro, um acessório permanente que ele se recusava a remover. Ele adorava pegar o bebê no colo, e eu não o privaria disso. Sempre que meus braços se cansavam, minha rocha estava lá para segurar nosso filho para mim.

Sol me abriu um sorriso suave.

— Você tem sorte por ser bonita — ele disse, enquanto se inclinava e batia na terra espalhada pelo nosso piso arruinado. Ele olhou para o bebê no meu peito. — E você tem sorte de ser fofo, Ciro. — Então ele suspirou. — Mais árvores surgindo.

O chão tremeu enquanto Sol trabalhava, e eu ri, encantada com a exibição de vermelhos, verdes, amarelos e roxos que saíam dos galhos, um novo truque que eu pretendia aprender.

Cyrus e Exos entraram na sala, e meu companheiro de Água esfregou as têmporas.

— Quem deixou o Fae da Terra à solta de novo? Acabei de consertar o piso.

Titus veio da cozinha, sacudindo uma mamadeira e, em seu caminho até mim, deu uma cotovelada em Cyrus.

— Você age como se não tivesse dinheiro para isso — ele brincou, então me entregou a fórmula infantil para suplementação.

Apertei o peito para liberar a boca do meu filho, depois balanceei a temperatura da mamadeira faiscando brasas no leite. Sorri para Titus, grata por meus companheiros continuarem a me ajudar a complementar a magia para nosso filho.

O bebê reclamou até que ofereci o bico da mamadeira, que ele pegou, o que me fez rir.

— Você é um guloso, não é?

— Insaciável — Cyrus concordou, vindo até mim, para me dar um beijo na cabeça. — Não consigo imaginar a quem ele puxou.

Meus lábios se curvaram, divertidos.

— Nem eu.

Seus lábios se moveram para o meu ouvido.

— Você não vai perguntar onde estivemos?

Eu pisquei.

— Por que eu deveria...? — Abri a boca. — Ah, Fae! A votação foi hoje?

Cyrus sorriu.

— Foi.

— Por que você não me lembrou? — questionei.

— Você e o Ciro estavam cochilando e não quisemos atrapalhar — Exos respondeu. — Então, fomos supervisionar a votação.

Esperei, mas nenhum deles continuou.

— E?

Ciro torceu o nariz ao meu tom, e voltou a sugar a mamadeira meio segundo depois. O carinha sabia quais eram suas prioridades, assim como meus companheiros. E foi por isso que não fiquei brava por não terem me acordado. Porque eu provavelmente não gostaria de deixar o bebê. Era muito cedo.

— A votação foi aprovada — Cyrus disse, e sorriu. — Ninguém votou contra. O projeto da Academia Fae Inter Reinos pode começar oficialmente.

Pulei de emoção, mas logo parei quando Ciro

gorgolejou em resposta. Levei um segundo para perceber que ele estava rindo ao redor da mamadeira.

Vox se aproximou, arrulhando para o garotinho, e o pegou comigo para que eu pudesse reagir de modo adequado, o que incluiu abraçar Exos e Cyrus com mais força. Em seguida, beijá-los com muita empolgação. E também prometendo uma enorme quantidade de coisas sacanas na mente deles.

— Estou com você nessa — Cyrus disse.

— É o mínimo que eu esperava — respondi, sorrindo como louca. — Ah, não acredito que a Academia foi aprovada! — Eu sabia que eles tinham feito algo para que os Faes do Inferno concordassem, mas ainda não tinha ficado a par dos detalhes. Principalmente porque eles deram a notícia quando eu estava entrando em trabalho de parto. Mas eu estava em êxtase por eles terem conseguido que eles concordassem, e fizeram por mim. Eu tinha mesmo os melhores companheiros do mundo.

— Eu disse para você confiar em nós — Cyrus murmurou. — Somos bons com negociações.

— Eu sei — brinquei. — Muito bons.

— Os melhores, na verdade — Exos disse, seu tom indicando que ele falava sério.

Titus grunhiu, então pegou Ciro com Vox e começou a cantarolar uma pequena balada Fae. Seu olhar estava cheio de amor e adoração pelo agora sorridente Faeling em seus braços.

Eu sorri, e meu coração explodiu de calor. Todos os meus companheiros ajudavam em todas as tarefas, até mesmo na troca de fraldas. E eu nem precisava pedir.

Sério, eu devia ser a mulher mais sortuda do mundo, o que me deixou incrivelmente grata por eles, por seu sistema de apoio e seu amor.

Assim como eu estava grata por minhas múltiplas

celebrações de Natal enquanto Sol terminava sua floresta multicolorida de árvores. Cyrus pegou nosso filho, e Vox e Titus foram trabalhar, adicionando ornamentos mágicos, todos brilhando ao sol poente, algo que Ciro achou tão fascinante quanto eu.

Aquele foi mesmo um Natal feliz. O meu favorito.

— Vocês estão ferrados — comentei em voz alta, rindo. — É impossível outra festa de fim de ano superar esta.

Os olhos de Titus brilharam com brasas quando Exos me lançou um olhar ardente.

— Não tenha tanta certeza disso, pequena rainha — Cyrus murmurou. — Este círculo de companheiros está apenas começando.

EPÍLOGO
CYRUS

DEZ MESES DEPOIS

— ENTÃO, QUANDO VAMOS FAZER ISSO? — TITUS perguntou, com os olhos queimando intriga. — Porque é claro que vamos começar com o teste do orgasmo. Mereço uma revanche.

Eu sorri, achando graça da confiança de Titus de que ele venceria dessa vez. E talvez fosse uma possibilidade, mas bastava olhar para o resto do nosso círculo de companheiros para saber que ele teria trabalho.

Sol ostentava sua toalhinha permanente no ombro e um recorde de quem deu mais mamadeiras. Parecia que os batimentos cardíacos retumbantes do Fae deixavam nosso filho à vontade.

Vox detinha o recorde de troca de fraldas, a que todos éramos imensamente gratos.

Titus sempre conseguia fazer o Faeling rir, mesmo sem tentar. Meu filho achava a agressividade dele divertida. Assim como eu.

Exos sempre sabia do que meu filho precisava, não importa o que fosse. Seu Espírito havia se entrelaçado com a criança, dando-lhes um vínculo através da mãe que eu adorava.

E então havia eu. Eu sempre conseguia acalmar Ciro, não importava seu desagrado, eu o colocava para dormir com um empurrão de tranquilidade e paz, um dom que se manifestava em mim sempre que pensava em Claire.

Se uma criança Fae era assim, então eu ansiava por mais.

Todos estávamos prontos para a segunda rodada. Exceto talvez por Claire. Foi por isso que planejamos um teste mais longo dessa vez.

— Ficamos empatados no teste do orgasmo, Vaga-lume — lembrei a ele, apreciando a explosão de agressividade que ele sentia com o apelido.

É, eu o chamaria assim até o fim dos tempos.

Eu adorava implicar com ele de todas as maneiras possíveis.

— Você está desqualificado desta vez — Titus me informou, seus olhos verdes queimando com desafio. Ele ficou um dedo no meu peito, me fazendo sorrir. — Acho que você nem deveria participar.

Ah, eu ia participar, e muito, mesmo que não fosse por pontos. Eu não precisava de uma desculpa para transar com Claire.

Implicar com Titus era só um bônus.

— Pensei que você quisesse uma revanche — eu o provoquei.

Sua mandíbula tensionou em resposta.

— Você vai cair, Idiota Real.

Contraí os lábios.

— Eu só me ajoelho para Claire.

— É o que você diz — ele respondeu. — Mas eu vou mudar isso. Um dia.

— Em seus sonhos — concordei. — Claro.

— Nunca...

— Precisamos de testes diferentes — Sol interrompeu, batendo no lábio. — Que tal um de jardinagem?

— Como se você não fosse sair na vantagem nele — Vox falou, revirando os olhos.

— Um teste Elemental — Exos sugeriu. — Um em que cada um de nós é testado com base em nossa afinidade. — Ele cruzou os braços e se recostou na parede do berçário vazio, enviando uma nova enxurrada de borboletas roxas para dançar sobre as brasas flutuantes de Titus. — Depois daquele acasalamento ao fim da fase três, creio que um teste de resistência de magia seja imprescindível.

Todos nós nos remexemos ao relembrar a experiência. Sim, eu queria muito repetir aquilo.

Claire pigarreou, olhando para nós enquanto pingava Água no chão perto da porta.

— Espero que vocês não estejam falando do que eu acho que estão. Não é justo conspirar quando eu saio para levar nosso filho para visitar a avó. — Ela moveu o pulso, espalhando mais gotas. — Ele ainda fica agitado demais ao se separar de mim. Fae ajude a minha mãe, mas a mulher é uma santa por cuidar dele.

Titus passou o braço em volta da cintura dela, fazendo um laço de chamas envolver seu peito.

— E dá para dizer que ele tem culpa? Também não gosto de ficar longe de você — ele murmurou. — Mas, agora que você está livre, sugiro que eu te enxugue, começando por tirar suas roupas.

— Uh-huh — ela murmurou, usando o Fogo para secar as próprias roupas. Serviu como uma declaração para nos lembrar de que ela tinha recuperado o total controle de seus Elementos. — Nem tente me distrair. Sei o que vocês estão fazendo.

Bem, a meu ver, isso soou demais como um desafio.

Titus pareceu concordar, porque ele a mordiscou.

— Nosso Faeling precisa de um irmãozinho ou irmãzinha, talvez um que possa manter a afinidade elemental dele sob controle? — ele sugeriu, referindo-se ao estado previamente encharcado dela. Meu filho tinha aprendido a lançar sua magia, e ele gostava demais de nos encharcar com as ondas mágicas.

Eu amava.

A Claire, nem tanto.

— Não estou pronta — ela disse, com indiferença, enquanto acessava sua magia de Fogo para secar o cabelo.

Eu a puxei para mim, supondo que a fonte da hesitação fossem as surpresas que ela teve da última vez. Claro, poderíamos tê-la preparado melhor para um nascimento Fae, mas eu não cometeria o mesmo erro duas vezes.

— Sabemos o que esperar desta vez — assegurei a ela, passando o polegar pelo seu lábio inferior. — Não estou dizendo que será fácil, mas provamos que você não precisa fazer isso sozinha, pequena rainha.

Ela suspirou.

— Sim, é verdade. Não é esse o problema. — Ela apoiou a bochecha no meu ombro, seu olhar foi ficando distante. — É que eu tenho medo de deixar o Ciro de lado quando um novo Faeling ganhar os holofotes, sabe? Quero que meu filho tenha todo o amor de que ele precisa.

Vox riu.

— Claire. Você tem cinco companheiros que te adoram e está preocupada em compartilhar seu amor?

Ela franziu os lábios.

— Acho que parece bobo quando se coloca dessa maneira.

Ela ergueu a mão, pegando os dedos estendidos de Sol enquanto examinava nosso círculo de companheiros. Ela nunca deixava ninguém de fora, e eu sabia que ela seria capaz de compartilhar seu amor com cinco Faelings sem nenhum problema.

Talvez ainda mais.

— Você gostaria de ouvir sobre os novos testes? — perguntei, movendo os dedos para baixo. — Acho que você vai gostar deles.

— Testes prolongados — ela disse na mesma hora, virando-se em meus braços para ficar de frente para todos os outros.

Arqueei a sobrancelha quando encontrei o olhar de Exos. Sua expressão me disse que ele tinha concluído exatamente o mesmo que eu.

Ela já pensou no assunto. O que significava que Claire já havia aceitado o inevitável, pelo menos de certa forma.

Bom.

Tornaria tudo muito mais simples.

— Ainda não estou pronta para outro Faeling — ela acrescentou. — Gravidez e parto são um horror. Vocês vão precisar me convencer de fazer isso de novo.

— Você não gostou da fase três? — perguntei em seu ouvido, enquanto acomodava minhas mãos em seus quadris.

Ela estremeceu.

— Certo, isso... isso não conta.

— Não? — Titus se aproximou dela, passando o dedo

por seu peito, marcando uma linha que foi cortando a sua camisa. — Podemos começar a parte do convencimento agora?

— Eu... — Seus lábios se entreabriram quando Vox e Sol se aproximaram, passando as mãos por sua pele exposta. — Pode ser.

— Pode ser? — Sol repetiu, segurando seu seio. — E de que forma você gostaria que nós a convencêssemos, florzinha?

— Orgasmos — ela murmurou, arqueando no toque do Fae da Terra quando ele apertou seu mamilo através do tecido. — Muitos e muitos orgasmos.

Pressionei minha ereção em seu traseiro, encaixando-me nela com a expectativa de satisfazer todos os seus desejos.

— Isso pode ser providenciado.

Titus grunhiu, mordiscando-lhe o pescoço.

— E desta vez eu planejo vencer.

Eu sorri.

— Então que os testes comecem.

Claire soltou um suspiro quando minha mão voltar a descer para puxar sua calcinha para o lado, dando a Titus o acesso de que ele precisava. Talvez eu desse a ele uma vantagem.

As pernas de Claire tremeram quando ela soltou um gemido delicioso.

— Bem, boas festas para mim... — disse ela. — *Novamente.*

Fim

NOTA DE J. R. THORN

Quero agradecer a você por ler Rainha dos Elementos e seguir Claire em uma jornada que se tornou pessoal para mim ao longo dos anos.

Depois de dar à luz a minha filha no DIA em que Lexi e eu terminamos de escrever o livro 3 desta série, passei um ano inteiro pensando neste livro aqui, e eu mal podia esperar para escrevê-lo.

Nascimentos não são nada fáceis, muito menos o primeiro ano de vida de um filho. Eu queria escrever uma fuga em que as dificuldades de dar à luz pudessem ser compartilhadas por cinco companheiros amorosos e atenciosos, que entendiam pelo que Claire estava passando e que queriam estar ao lado dela em todos os momentos. Não estou dizendo que meu marido não ficou ao meu lado, mas a vida real é muito menos vívida do que é na nossa imaginação.

Então espero que você tenha encontrado uma fuga, assim como eu encontrei com Claire e seus companheiros. Que você tenha um Feliz Fae Festivus, não importa a época do ano em que esteja lendo esta história. Até a próxima!

Com muito carinho,
Jen

RAINHA DOS VAMPIROS: LIVRO UM

Bem-vindos à Academia Fae da Meia-Noite.

Lar das Artes das Trevas.

Vampiros.

E faes cruelmente bonito.

Uma mordida proibida levou à minha captura e recrutamento.

Não há flores aqui.

Nem vida.

Apenas morte.

Sou uma Fae da Terra que não pertence a esse lugar.

Eles podem jogar seus joguinhos mentais o quanto quiserem,
mas vou encontrar um jeito de voltar ao meu mundo elemental.
Mesmo que isso me mate.

Só que o diretor Zephyrus está um passo à frente dos meus movimentos.

O príncipe Kolstov não para de me encurralar.

E Shadow, a razão pela qual estou nessa confusão, assombra meus sonhos.

Minha afinidade com a Terra está morrendo e sendo substituída por algo mais sinistro. Algo poderoso. Algo mortal.

Os Faes da Meia-Noite acreditam que este é o meu destino.

Eles alegam que fui "recrutada" para um propósito.

Para combater uma presença em ascensão.

Ou morrer tentando.

Não devo nada a eles. Mas se eu tiver que passar por suas provações para encontrar o caminho de casa, que assim seja. Sobrevivi a uma praga e coisa muito pior no reino Fae Elemental. Uma energia sinistra? Por favor. Que piada.

Dê o seu melhor.

Estou à espera.

E não ouse me morder.

Ou vou fazer você se arrepender.

Ilha Carnage

Bem-vinda à Ilha Carnage.

Casa do caos brutal.

Sangue e lágrimas.

E esquemas nefastos.

Uma mestiça.

Rejeitada.

Uma loba sem companheiro.

Minha família não me quer.

Meu Alfa me deserdou.

E meu companheiro me rejeitou.

Então acabei de receber uma nova atribuição de alcateia.

Ilha Carnage.

Lar dos piores lobos.

Garras cruéis. Bestas cruéis. Atos perversos.

Não sou uma deles.

Mas também não sou loba Nantahala.

Sou algo distintamente diferente: uma Ômega presa na pele de uma Alfa.

Um passo em direção ao meu destino, e todos os machos viram suas cabeças.

Eu sou carne fresca.

Propriedade a ser reivindicada.

O esconde-esconde agora é um jogo de vida e morte.

Com garras e dentes.

Malícia e dor.

Só os mais fortes sobreviverão.

Entre por sua conta e risco.

Lexi C. Foss é uma escritora perdida no mundo do TI. Ela mora em Chapel Hill, na North Carolina, com o marido e seus filhos de pelos. Quando não está escrevendo, está ocupada riscando itens da sua lista de viagem. Muitos dos lugares que visitou podem ser vistos em seus textos, incluindo o mundo mítico de Hydria, que é baseado em Hydra nas ilhas gregas. Ela é peculiar, consome café demais e adora nadar.

https://www.lexicfoss.com/Inicio

MAIS LIVROS DE LEXI C. FOSS

Série Aliança de Sangue

Inocência Perdida

Liberdade Perdida

Resistência Perdida

Rebeldia Perdida

Realeza Perdida

Crueldade Perdida

Rainha dos Elementos

Livro Um

Livro Dois

Livro Três

O Próximo Reinado

Rainha dos Vampiros

Livro Um

Livro Dois

Livro Três

Livro Quatro

Outros Livros

Ilha Carnage

Antologia: Entre Deuses

J.R. Thorn é autora de romance paranormal de harém reverso.

Saiba mais em:
www.AuthorJRThorn.com

Ficou viciado em Academia? Leia RH Academy, de J.R. Thorn: Fortune Academy, disponível na Amazon.com em inglês!

Bem-vindos à Fortune Academy, uma escola onde os sobrenaturais podem se sentir em casa — só que não faço ideia de onde é que estou.

MAIS LIVROS DE J.R. THORN

Rainha dos Elementos

Livro Um

Livro Dois

Livro Três

O Próximo Reinado